TONG QIANG TIE BI

铜墙铁壁

柳青 著

人民文学出版社

图书在版编目（CIP）数据

铜墙铁壁/柳青著. —2 版. —北京：人民文学出版社，2019
（中学红色文学经典阅读丛书）
ISBN 978-7-02-015079-3

Ⅰ.①铜… Ⅱ.①柳… Ⅲ.①长篇小说—中国—当代 Ⅳ.①I247.5

中国版本图书馆 CIP 数据核字（2019）第 042691 号

责任编辑　脚　印
装帧设计　崔欣晔
责任印制　王重艺

出版发行　人民文学出版社
社　　址　北京市朝内大街 166 号
邮政编码　100705
网　　址　http://www.rw-cn.com

印　　刷　中煤（北京）印务有限公司
经　　销　全国新华书店等

字　　数　165 千字
开　　本　890 毫米×1290 毫米　1/32
印　　张　6.625　插页 1
印　　数　1—5000
版　　次　1951 年 9 月北京第 1 版
　　　　　1976 年 4 月北京第 2 版
印　　次　2019 年 8 月第 1 次印刷

书　　号　978-7-02-015079-3
定　　价　25.00 元

如有印装质量问题，请与本社图书销售中心调换。电话:010-65233595

出 版 说 明

　　2019 年,时值中华人民共和国建国七十周年,我们推出这套"中学红色文学经典阅读丛书",目的是使今天的青年学生,能在课余领受优秀文学作品熏陶的同时,了解先辈为了民族解放、中华人民共和国的诞生,为了能有一个和平建设和学习的安逸环境,前赴后继,慷慨献身的伟大事迹。

　　"中学红色文学经典阅读丛书"含长篇小说和长篇纪实文学两个部分,都是经过时间检验的、有广泛影响的、昂扬向上的优秀文学作品,大多有几代人的口碑。我们选取作品的方向,一是适合当今青年学生的品德教育和素质培养,二是适合当今青年学生的文学写作及文学鉴赏水平的提高。

　　"中学红色文学经典阅读丛书",包括"中学红色文学经典阅读丛书"中的单个品种,都具有长久出版的基础,因此,我们也热切希望青年读者能在学习之余,为我们这套丛书,包括丛书中的单个品种,提出宝贵的建议。

人民文学出版社编辑部

2019 年 4 月

第　一　章

　　早饭后,老葛同志从村东头一个砖瓦大门出来,头上戴着旅行用的大帽檐草帽。他后边跟着出来两个穿灰干部服的中年人,他们是中共米脂县县委书记和县长;因为防空,县级机关搬到城东十五里的这个大村庄。

　　下了大门外面的台阶,三个领导同志在下边有条小河的村道上,向村西头走去。

　　走在老葛同志左边的米脂县县长本地口音,告诉他从这村里出发,还要翻大大小小好几个山头,才能走上从乌龙铺到镇川堡的大路。那条路最近运粮的民工络绎不绝,道路拥挤,老葛同志到镇川堡恐怕要天黑。熟悉当地情况的县长说中午休息,最好是沙家店区上——后勤部叫在那里成立一个临时粮站,供应驻在周围的野战军后方机关;可是因为野战军进到本县的前边,县上干部忙不过来,只去了一封信叫区上办理。

　　"那个粮站也是归镇川堡你领导的分区支前委员会管。你顺路了解一下办理得怎样,指示指示他们。"显然是农民出身的县长非常诚恳地要求。

　　走在老葛同志右边的县委书记更加强调地说:

　　"你非去一下不行。照你昨晚上来给我们说的那个精神,我们对毛主席亲自制订的这回作战计划没看透的话,他们区干部更摸不着边。区委书记新去还不到一个月,积极性满高,可是不了解情况。

1

区长是个老经验主义,我的印象他很固执:因为他资格老,除非事情明摆下了,平级的干部很难说服他。"

边走边说,三个领导同志来到村西头。总是急着早出发的通信员,手里拿着骡子的口嚼口带子,在村边等着他的首长。

老葛同志站住笑了笑说:"好。我去一下。不过不了解下边的情况,恐怕解决不了具体问题。你们回去吧。记着,不要只看见野战军要进攻榆林,要想着将来本县也可能是战场,就不至于临时手忙脚乱。"

说罢,和送行的人一一握了手走了。

从这里起身,老葛就完全变成另一种心情了。这种心情既不是调动工作时所有的,也不像下去检查工作那么轻松;因为从今天晚上到达镇川堡起,在那里等着他的一个繁重的艰苦的任务,就要落在他身上了。

战争中情况的变化是多快啊! 几天以前,他连想也想不到他现在要去执行这个任务。那时他在机关驻的村里看见老百姓家家户户磨麦子,一打听,说是预备过六月十五日吃扯面。他查了查月份牌,恰巧这庄户人的节令正是阳历八月一号。在五个月之内经过了延安的保卫战,青化砭、羊马河和蟠龙的三次歼灭战,又横扫了侵占陇东和三边的二马(马步芳、马鸿逵)匪军,然后回师无定河西大理河川的西北野战军要过生日了。大家还以为今年的"八一"在陕甘宁边区具有特殊意义,正等着西北局和边区政府关于纪念的指示,却接到召开高级军政干部会议的通知,部署一个新的军事行动。七月三十号黑夜,全军就分路向北出动了,至八月五号,各路大军都已到达了榆林前线。他从大理河川参加罢动员这回战斗的高干会回来,三天三夜没得闲,刚刚把各项动员工作搞出个眉目,又接到跟随前总的后勤司令部的电报,要分区派一个更得力的干部去镇川堡指挥粮食运输。地委马上决定他去,他既兼着分区党、政、民支前委员会的主席,自然要他去了。

出了米脂县上驻的村子走了二三里地,日头就满山红了。在路边上一卜柳树底下,通信员伪装起大骡骡的笼头和屁股,又给老葛同志用柳枝拧了一个圈圈,让他套在草帽上骑着先走。

老葛同志骑在骡子上问:"吴忠,你真知道这条路怎走吗?不要搞错了哇!"

"不是走沙家店吗?"吴忠仰起头问。老葛点头,通信员说:"走吧!眼合住也摸到哩。"

"嗬嗬,真会吹!"

老葛同志亲热地笑着,扯扯嚼口带子就走开了。吴忠把自己也伪装起来,跑步追了上来。

一路上棉麻五谷,瓜桃梨枣,正是山青水绿时节。可是受苦人却不多见。老葛知道:这回光绥德分区就动员起八千个民工,加上先后参军的和出长期随军担架的,眼前几乎所有青壮年都投入战争了。山坡上,星星点点有些锄地的老汉。山沟里,不断地碰见老婆婆或年轻媳妇压南瓜条。在一块一块河沟里的阳坪地上,时常看见一家一家婆姨娃娃总动员,在那里打掐棉花。有些妇女见他过来,急忙走到地畔上叫住他,喜气洋洋地要求他站一站。

"同志,"一个五十来回的老婆婆说,"我的小子叫招喜儿,官名叫李立成,年前冬里参的军,回来信说拨到新四旅上了。前几天开上去那么多队伍你晓得有新四旅没?"

"哎,同志同志,"另一个手里还捏一把小镢头的婆姨,直截了当问,"这回打榆林,有三五九旅哩没?我兄弟在七一八团打机关枪哩,我妈想得常念叨……"

有一个婆姨问得更没底,说:"同志,你晓得打罢榆林,咱的队伍又朝哪塔开呀?这回离家近了,你说我们毛娃他爸能不能抽空探一回家哩?"

吴忠听了头一个打听的老婆婆的话，就觉得可笑。他建议首长干脆不要理，因为这些妇女根本不懂得保守军事秘密。可是老葛同志很注意群众关系，他勒住大骡骡，带着一种欢喜的笑容听完她们的话，然后告诉她们：他是地方干部，不清楚军队里的情形。而对那个要求他估计一下她男人能不能抽空探一回家的婆姨，则告诉她不要性急，耐心地等着把蒋胡匪军消灭干净再说吧……

"你信不信咱们能把他们消灭干净哩？"老葛含笑考问她。

"信哩！"那婆姨回答得也顶带劲，"我们村里开会时，工作人常念报哩，说咱们尽打胜仗。"

老葛沿路一处又一处和妇女们拉罢话，不觉已经走了很远。上坡下坡，拐弯岔道，自有吴忠注意，他自己骑在骡子上只管想他的心思——这些妇女们引起他许多的感想。

无定河从沙漠草地流下来，到这一带转弯向南，把米脂分成了两半。十五年以前，党分配他到米东县委（就是无定河以东这一半）工作过。那时候他是假装一个驴贩子活动，来开展赤色游击战的；可是还没有建立起人民政权，他就站不住脚了。游击队一活跃，反动军阀就开始在乡村里驻兵，豪绅地主编起保卫团，国民党又搞起一套保甲制度，最后竟强迫老百姓并村子和上寨子，造成无人区。他不得不按照上级的决定，撤回无定河下游清涧县的红区。现在，十几年过去了，这里已经变成老边区。反动军阀、保卫团、国民党和保甲制度早滚蛋了。老百姓经过了减租斗争和生产运动，今年春上又清算了地主。老葛在和那些妇女拉谈中，就好像看见了成千累万翻了身的群众——先后参了军的，出随军担架的，以及这回支援榆林前线的大群大群的民工们……

他骑在骡子上想："人民和我们党的血肉关系，谁再用甚办法也分不开了！"

天气很热，那骡骡爬上第三架山的时候，已经是满身大汗，好像一部湿淋淋的机器,有节奏地喘着气。山隘里路边上有卜青阳树,老葛下了骡子,拉到树荫底下等吴忠,一边让牲口歇歇气。他解开扣子敞着怀乘凉,在他面前一山一山庄稼好像海浪一般,高高低低参杂不齐地展开去。忽听得一声轻微的咳嗽,他调转头一看,身后的山坡上转出一个锄地的老汉,笑眯眯地朝他走来。老汉一边装旱烟一边说:

"拿了个烟锅,忘了拿火镰,同志借个火。"

"对不起,"老葛抱歉地说,"我不吃烟,不带火。"

"喷。"老汉嘴一张,把装起的烟又磕进烟布袋里去。

老葛问:"老人家,你看今年的庄稼怎着哩?"

"不赖!"老汉说,指着眼前海浪似的山头,"按我的眼力看,七成年头把稳。谷穗出齐了,稻黍(高粱)收了花,黑豆角角也满稠。天要不下冷雹,饿不着人……"

老葛连连点着头,那老汉却说着感慨起来了。

"啊,"他用烟锅做着手势,画了个大圈,说,"咱边区这层人全仗毛主席活命哩!你该晓得胡宗南乍占咱延安的那股劲头哩吧?你看今年春旱的那个架势啊,眼看咱老革命根据地的人就没法活了。哎噫,不着意胡宗南没值住几回摔打,扑了回绥德缩下去,再没听说厉害。四月里下了场饱雨,公家领导老百姓突击了一家伙,秋庄稼都安种上了。尽管那么多人出去打仗去了,你看眼前该是没一块荒地吧?"

"对,"老葛拍拍老汉的肩膀,笑说,"老人家说得好。"

"不是我说得好,"老汉却认真说,"是咱毛主席领导得好。胡宗南没把咱们治住,而今,看咱们野战军上来收拾他们的榆林吧!"

老汉说得十分带劲。老葛又问他现在把受苦人动员起来支援前线,对农事的影响大小?老汉说不妨事,正好。庄稼都锄了三遍,麦地早翻过了,人和牲口正是夏秋中间的空闲。拉谈到群众这回上前线的情绪,老汉拿头年阴历九月间解放镇川堡来比。他说那时节正收大秋，老百姓不顾庄稼摆在山里，抢着上前线，为的是镇川堡是扎在这地方老百姓眼里的一根钉子，谁也想把它拔了。

"这回野战军上来拿榆林，"老汉学着工作人员的口调说，"老百姓可高涨哩！"

正说着吴忠赶上来了，接去骡子的缰绳，就拉着下山。老葛亲热地和老汉道了别，并问到大路和到沙家店的路程。

"翻过那架小山就是大路，"老汉指指说，"只怕那条路上运粮民工挤得走不开，要不用不了晌午，你们就到沙家店了。那塔有个粮站，我们村里也往那塔送粮……"

老葛下了沟，再骑上骡子爬上那最后一架山。当他又下了牲口下山的时候，就看见下边是一道比较宽敞的河沟，这河沟里就是从乌龙铺到镇川堡的大路。只见无数的驮粮毛驴和挑粮的"担担手"，不断头地从东往西走，人和牲口踏起的尘土好像一条黄龙。牲口笼头上和驮的粮口袋上插着树枝，人们戴的草帽上也套着树枝拧的圈子。从前沟到后沟，到处听见喊驴声和拉话声；有些赶驴的人在闷热的前晌嫌瞌睡，扬起嗓子唱着"信天游"。挑粮的队里一条条扁担在日头底下闪光，这里那里，"担担手"用搭在肩膀上的手巾，一边走一边擦着脸上的汗水……

"糟了糕了，"吴忠走着说，"他们走得慢，挤住路，咱们走不前去……"

"走不前去慢一点，忙甚么？"老葛说，兴奋地望着运粮民工雄壮的行列，想起即将到来的这次战役的伟大意义。

吴忠又说："就怕飞机来了目标大……"

"人家那么多民工，"老葛不满地截住通信员，说，"大家都怕人多了目标大，那就不要打仗了。是不是？"

吴忠红着脸，不张声了。其实老葛也知道吴忠并不是怕，他只是尽心竭力为首长的生命安全和工作方便着想。而老葛却不能为自己的安全和方便着想,因此他们两人在这一点上经常不一致。

他们下了大沟,插进一队毛驴后头。毛驴前头是一大队"担担手",再前头又是毛驴。前不见头后不见尾,黄土路上踏起的灰尘里带着牲口粪便的气味。老葛同志拍拍身边一个赶驴汉缀补丁的肩膀。

"老乡,你们是哪里的?"

"葭县倍甘区三乡。"

"都是葭县的吗?"

"不啊,哪塔的都有。前头的'担担手'是清涧的,再前头那赶驴的是绥德的;后头有吴堡的、米脂的,还有山西过来的哩……"

"两省三州六县十八镇店,"更前边一个赶驴汉掉过头来逗笑说,"你看咱老百姓的势力多大! 胡宗南进攻咱边区不是寻倒霉哩?"

老葛从这些话里觉得出民工们的劲头是很足的。他问他们是用甚么方式动员起来的,民主不民主,怎么样才能把战勤工作搞得更好一些。话头一引起来,说话的人渐渐扩大到十来个赶驴汉。前面的人并不是给他说,而是在他们自己中间拉谈。他听见众人说东的也有,说西的也有,可是有一点几乎是一致的:他们认为胡宗南在南路吃了三回败仗,就是还有些劲气,也不准再敢冒失进攻上来。那么这回要是拿下了榆林,往后绥德分区就不会有这么大的动员了。

老葛给众人解释这种想法如何使不得。他说不能希望敌人不敢进攻,而是要准备着在敌人敢于进攻的时候消灭它。众人七嘴八舌说:"同志说得也对!"

"飞机!"吴忠猛叫了一声。

霎时间,人们全不嚷了。仔细一听,耳边确实有一种嗡嗡的声音。原来当老葛和民工们拉谈的时候,吴忠只注意着防空。老葛知道他不管受甚么批评,也不让他跟随的首长出了岔子。老葛看见前后沟的人不安地仰起头,用手遮住日光朝天望;只是天空给几面的山头隔住,除非到头顶上空,人是不容易看见飞机的。

嗡嗡的声音越来越清楚,越来越带着威胁的劲气。民工的队伍里呈现出不稳,前前后后挑担的和赶驴的都停下来了。吴忠紧紧地拖住骡骡的笼头,一眼盯着路旁一个山水冲成的窄沟渠渠,低声告诉老葛,紧急时往那里钻。可是老葛却像没听见,他神色不动,镇静地叫民工们不要慌乱,一边察看左近有没有适合大家隐蔽的地场。

他们这时正走在一道砭上,上头是山崖,下边是石岩,光秃秃的没一点遮拦。再走几十步,下一节坡,就是宽敞平坦的河滩。河滩上有树,河坪地里还有庄稼。地畔上站一个背枪的民兵,正在给停在河滩里的民工讲话:

"只要戴伪装,飞机过来千万不要动。人一乱跑开就坏了,正好成了扫射的目标。"

老葛问他身边的民工:"那民兵是跟你们一块上前线的吗?"

"不是哇,"好几个人眼看天空,心不在焉地说,"好像不多时才过去的一个走路的……"

老葛一听说是走路的,就非常赏识那民兵,他对众人说:"你们看,他一定有经验,人多了更不能乱!……"众人噫噫啊啊承认着,却无心听老葛的话,只管歪起头看飞机朝哪个方向过。突然间,有人嚷开了:

"小飞机!小飞机!"

"两架!哎,三架!"

"哪塔哩?啊?指一指?"

"西面那不是?看!看!过去了……"

三架美国造飞机在西面的山头上空,由南向北箭一般穿过去了。老葛估计敌机大约又是在无定河川的公路上袭扰,这里不过是飞机绕圈飞行经过的地区。民工们见飞机过去了,都松了口气。后边的

"担担手"开始整端扁担绳子,预备重新挑起走。前头赶驴的也喊着河滩里停的民工:

"走哇!还等甚么哩?"

"等一等再走啊!"那民兵热心地在地畔上吼叫道,"老乡们听我说啊……"

只见那民兵又像在群众大会上演说一般,可嗓子给大家讲解:飞机撂弹也好,扫射也好,都要先旋一个圈圈。头一回过去,总是没事。你以为他们走了,不当心,二一回过来,就来不及防了。

"就算咱们这块没露了目标,谁晓得咱们前头的人怎着哩?飞机端端从他们头顶上过的呀!咱们还是防着点好啊!"那民兵说着就伸出一只胳膊,命令老葛,"那个穿灰制服的同志,你指拨砭上的老乡都下河滩里来吧!这塔有树好隐身!快动静啊,不要卖呆了!"

"好好好!"老葛痛快地服从着,就执行起那民兵的"命令",叫所有在石砭上的民工,包括他的通信员和牲口,统统赶紧下河滩里去隐蔽。

吴忠早已显出鄙弃那民兵的"自高自大":哼!竟然"命令"起他的首长。他简直忍耐不住那股神气,走着还用白眼珠子瞟着那民兵,嘀咕说:

"不看看是谁,只管自己当司令!"

"不可啰唆!"老葛服从命令,说,"老乡们,听民兵的指挥,走紧点啊!"

不一阵,砭上的人都到河滩里的树荫底下了。

没出了那民兵的预料,三架小飞机转回来了。现在在正西旋着圈子。猛然间,好像塌崖一般,传来一阵轰隆隆扫射的响声。众人都往树底下挤。"担担手"撂下扁担,抢着进入地畔上吊的南瓜丛里钻。有人还把南瓜蔓拉来披在自己身上。而那民兵却早跳下了地畔,用枪托帮民工们赶驴。

紧张！满沟隐蔽的人静悄悄的，几乎可以听见心嘣嘣跳。

盘旋了一个圈子以后，那三架飞机分散开十字交叉飞：这一架过去，那一架过来，有一架绕弯时正从这里隐蔽的人们头顶上过。它们几乎在西边同一地点的上空——这里所有愤恨的眼睛都透过庄稼和树枝盯着它们——斜起膀子，屁股上冒出黑烟来，轰隆隆地扫射！隐蔽的民工开始出现了不稳。恐怕那架掠过头顶的飞机朝这里扫射起来，有人想换个地势。吴忠死劲㧭着骡子的笼头，紧张地朝他的首长招手，指着他身后的一个水山坑坑，要求首先挪一挪地点。老葛不听他，只一眼盯着那民兵，欣赏他在另一边呐喊：

"拿稳！不准乱跑！老乡们沉住点气，一阵阵就没事了。"

想换地势的人给他喝住了。说话中，另一架飞机穿梭般飞了过来，人们又缩着脖子不动了。

过了一阵，三架小飞机扫射罢都朝北飞去了。可是人们还不动，全望着那民兵，等待他的吩咐。那民兵停了很一阵，才宣布现在可以走了。

人们从隐身处出来，拍打着身上的土，互相庆幸地看看，都说这回沾了这个民兵的大光。"担担手"去寻找自己的扁担，赶驴的扶正一时混乱弄歪了的粮驮子，又按原来的次序走开了。

老葛让通信员牵着骡子跟着走，他自己径直到那民兵跟前去拉话。他想问问这个生龙活虎的人物姓甚名谁，哪区哪乡，现在到哪里去，怎么会有这防空的实地经验。没想到那民兵看见他，三跷两步就赶过来，喜欢地大声嚷着：

"葛专员！你也上前线去啦？"

葛专员看那民兵时，只见他年约二十四五，不高不低，不胖不瘦，是一条壮实汉子。太阳晒得他脸有点紫红。他满身庄户人衣裳，腰里扎一根皮带，背一支步枪，却不知子弹在甚么地方。

"你怎么认得我？"老葛奇怪地问。

那民兵说："阴历四月间，我出随军担架，在绥德集中出发下南路，你给我们讲过话嘛！"

"噢噢！"葛专员恍然明白了，"怪不得你对防空这么老练。好，我们一块走。"

专员一边走，一边问他的情形。那民兵说他是沙家店区三乡的民兵队长，沙家店本村人。参加第二批长期担架跟野战军行动的时候，刚赶上蟠龙战斗；路过羊马河山里，胡匪一三五旅的死尸还臭得呛人，他们捂住鼻子走了十几里。蟠龙镇一仗消灭了胡匪一六七旅以后，就到了安塞地面，参加了真武洞几万人的祝捷大会，听了周恩来同志的讲话，知道毛主席还在陕北，大家感动得流泪。往后就过志丹县的老森山，打下陇东的曲子和环县，返首收复了三边，到大理河川的双湖峪，任务满了，第三批随军担架替回他们。

"啊，"葛专员问，"你这才往家走吗？"

"不是，"民兵说，"回来好几天了。七乡上捉住个敌探，送到区上。区上叫我派人往县保安科送，这回我们这塔紧挨前线，民兵全出了发，我自己送去来。葛专员，晌午歇我们村里吧？"

老葛记着县委书记和县长说的粮站的事，说："我是准备到你们区上去的。"

于是两人在运粮民工的行列里拉拉谈谈走着，吴忠拉着骡子追上来问首长骑不骑，老葛宁愿走着和他很喜欢的这个民兵拉谈。

不觉走到前沟，见满沟乱杂杂　群人，还夹杂着几头毛驴。只听见一片聒聒噪噪的说话声，到跟前一看，这就是刚才被敌机扫射的地点。人们让开路，在一旁做着遭受损失以后的善后工作。有人跑到左近一个村里叫来几个老婆媳妇，拿着针和麻线缝补着被射破的粮食口袋。有好几处，民工们用手揽着撒在地上的小米和麦子，往缝补好的口袋里装。众人打问着损失的情形，都说："没伤着人，算幸运。"

葛专员一边走一边看看,也没停留,和那民兵一齐走了。

又走了一二里地,拐了个弯就看见不幸的场面——河滩里横七竖八倒着些死驴。有的驴炸破了肚皮,却还卧在地上啃着青草。奇怪的是聚在这里的人却不多,少数几个像是运粮队里的头目,在商量死了驴的粮食该怎办?另外一些死驴的主家在互相诉说各人喂那驴的经过,以及失掉驴对他们生活上必然会起的影响。……

葛专员和民兵离开了络绎不绝的民工行列,到出事地点察看了一阵。老葛问:

"粮食口袋掼下一沟,人都哪里去了?伤了人吗?"

"唉!"那几个当头目的一齐叹气,说,"不能提了。"

于是众人七嘴八舌谈叙:人们没经验,飞机一来尽瞎跑,结果死了三个人,伤了十七个人。牲口和粮食掼下没关系,人要紧,民工们背着和抬着伤亡的人到左近一个村里去了。受伤的只要有口气,少不了当地动员往乌龙铺医院送;死人也怕要到有兵站的地场,公家好想法装穿……

"同志,"有一个民工问老葛,"你看我们这么办,对着哩吧?"

"对着哩。"葛专员说,心里惋惜着这个损失是多么冤枉啊!他想起胡匪进攻延安以后毛主席说的一句话:边区的群众力量是大的,胜利的关键在于组织和领导这个力量。那民兵在后沟里自动领导群众防空的那种为人民服务和对人民负责的精神,在他脑里留下的印象更强烈了。

那民兵安慰罢死了驴的老乡,过来找葛专员一块走。

"你叫甚么名字?"葛专员走在路上问。

那民兵说:"石得富。"

"石得富。"葛专员重复了一遍,要用心记住这个名字。

他们继续拉谈着,奔沙家店去了。

第 二 章

　　沙家店是一个有百十户人家的村子,本是葭、米、榆三县中间的边远地场,离这里最近的镇店就是往西三十里的镇川堡。自从国共分界,镇川堡变成反共前哨和逃亡地主会聚之地以后,米脂县才在沙家店新设区,加强边境工作的领导。经过减租斗争和生产运动,这里又在毛主席"发展生产、繁荣经济"的口号下立起了市集,左近各乡村的老百姓好不高兴,都说:"再不要胆战心惊到堡里去量盐驮炭了。"不过因为地面穷苦,又是新立的市集,多少有点"日中为市"的味道,粮米、油盐、棉布、柴炭之类就是主要买卖,商号像样的也就是全区老百姓集股办起的一个合作社。镇川堡解放以后,各样生意又大大衰退,论热闹,就数上野战军上来进攻榆林的这几天了。

　　大路上白日黑夜过运粮的民工。打早从乌龙铺仓库装上粮到镇川堡去的,正好晌午到沙家店吃喝休息,满沟的树荫里尽是人和牲口。卖瓜果、鸡蛋和饼子的,也在人群里乱串,成了聒聒噪噪的闹市。离开大沟往东一个拐渠里,那区委会和区公署的所在地,早先是这乡镇的住户区域,这阵因为办起了粮站,周围几十里的桃镇区、印斗区、高庙区和本区的庄户人往来送粮,攻榆部队的后方机关派人拿支粮证和粮票来领粮,时常满满拥了一渠骡马毛驴,队伍和庄户人前呼后应,尽一天没个宁静。部队的同志都有防空的观念,总是把骡马寄放在农户家的驴圈里,才上粮站去领粮。而老百姓则图省事,像平时赶集一样把驴一串一串链在村坡上和打谷场里。你劝他们,他们还说不妨事,交罢粮就走了;结果飞机一来,总是急忙中找不到个合适隐蔽处,恨不得往农户住人的窑里拉,弄得来沙家店有时真像战场一样紧张……

飞机在沙家店以东扫射的那阵,区委书记金树旺刚刚从粮站出来,回区上去。区上占的是一家逃亡地主近年新修起的住宅,粮站则在那家地主老住宅旁边的仓窑院里,相隔几百步远。他一边走,一边盘算着粮站的问题;这问题他已经盘算了好几天,到现在他认为是非适当解决不可的时候了。虽然区长的看法和他还有距离,而且相当地坚持意见,可是他准备作一次最后的努力来说服他;一定说服不了的话,即便请示一回县上,问题也不能再这样拖下去了。

金树旺正打着这番主意往回走,飞机来了。送粮的庄户人登时手忙脚乱照顾他们的牲口,他也跑去帮他们解缰绳,折了一根树枝帮着赶驴。幸好这是个窄沟渠渠,飞机没发现,虚惊了一阵没事了。他丢了树枝继续往区上的院里走。

进得院子,一排五眼窑,四眼门上吊着锁;因为区干部连伙夫在内,都在粮站上收发粮草。只有区公署的办公窑开着,听见区长在窑里说话的声音。区委书记走进窑里,二乡乡长手提着草帽站在脚地,显然已经谈完了要走。

"就照我说的那么办。"区长最后安咐,"实际做起来有甚么问题,再打发人送信来。怕写不明白,亲自跑一回也可以嘛,这又不远!才十几里……"

"啊啊,"那乡长怪作难地说,"实在困难!不是群众不想送粮;全想送,只是组织不起来。金书记和曹区长,你们晓得好劳动力和壮实牲口都上了前线,村干部也光留下个行政主任,区干部不下乡帮助,我们实在困难!"

"对哩,对哩!"曹区长催促说,"我们晓得了。说十遍和说一遍是一样的。没旁的问题,你赶紧回去办吧,不要老说困难了。论困

14

难,我们区上比你们更困难！还不是接到县上的通知就得办粮站？你快走吧,赶晌午趁众人吃饭全在家,正好召集会。好同志哩！拿出点革命性来！这回榆林拿下来,北线上再没这么紧张的工作了。"

那乡长只得走,临走时转身问金树旺:"金书记有甚指示的没?"

"没……"金树旺含糊其词说,同情地看着那乡长戴上草帽,失望地出去了。

窑里只剩下区委书记和区长两个。曹区长松了口气,擦着一根洋火,点着了用旧报纸卷成的火纸,准备吃水烟。他手里拿的水烟袋已经不是那根道地的土造"羊腿把"了。前几天飞机扫射沙家店,掉下来很多机枪子弹壳,又长又粗,飞机过后,很多人遍地寻找,曹区长也拣到两个,给街上惟一的那个炉匠看见要去,添了一个步枪子弹头做烟袋嘴,半截步枪子弹壳做烟袋锅,没用好大工夫就变成眼前这个约有五寸长的水烟袋了。曹区长拿到手,十分满意,说:"这也是那运输队长蒋介石送的礼……"

金树旺看着曹区长往那"美式"水烟袋里装烟,奇怪这个年过四十的老革命同志怎么主观这么强?刚才二乡乡长那么作难的样子,为甚么不能促使他从根本上怀疑自己的做法,而想法子解决眼前存在的矛盾呢?金树旺要和他谈的正是这个问题。

"老曹,"区委书记坐下说,"不行啊。我朝各区送粮的人调查了一下,人家旁的区,干部都下乡帮助组织群众送粮了。直至今前晌,咱这区还没人送来。你想一想,这时往本区送,咱们耽误了,等野战军打罢这一仗一转移,往远处送时要多费老百姓多少工啊!况且该送时咱们不送,部队再要时保险急得很。这是春上疏散县仓库时群众领去保存的公粮呀!"

"那么你说粮站交给谁办?"曹区长吃罢一袋水烟,鼻子口三股烟直冒着说,"人家旁的区不搞粮站嘛!咱们靠边,紧挨前线,碰上这么个紧急任务,有甚说头?咱的干部都不是十八罗汉,不长三头

15

六臂。俗话说得对,'赶上城里的,就误了乡里的。'你盘算两面都赶,闪得两面都误了……"

区长还是原意见,还是那一套道理。金树旺常听说一句名言:真理只有一个!不是他就是区长,总有一方面的看法不对。

"难道真的全区都凑不起几个得力些的干部办粮站吗?"他不嫌老曹厌烦,又一次这样问他。他脑子里浮起他工作过的桃镇区的情形。要是在那里,怎么着他也能瞅出几个人手来。可是这里原来的王书记在"壮大拳头打击敌人"的口号下带头参了军以后,他刚来不了解情况,不知道谁们能胜任粮站的工作。

曹区长听了,干笑了一声,显得十分为难。

"哈!"他站起说,"你总是信不下这一点。我一个人算成骗你,区干部都骗你吗?为这个粮站问题,咱们还开过一回区委会,全说最好不要把区干部都陷在粮站上,可是谁也没想出人来吧?"说到这里曹区长把水烟袋和火纸都放在桌子上,右手一个一个按倒左手的指头,说,"党员带头参军走了一批干部,全是好的,随军担架队要党员干部去做骨干,也不能充数应付;剩下来的,这回支援打榆林,该是差一点没走完吧?你没听见刚才二乡乡长说,各村都剩下一个光杆行政主任了?"

"那么你的意思是说,粮站只好区干部搞到底啦?"

"不搞到底,你说还有甚么旁的好办法?"曹区长反问,从卷宗里翻出县上关于成立临时粮站的通知,两眼寻找了一阵,然后念道:"'选择可靠人员,配备一个强干部去领导……'金书记,你说咱的'可靠人员''强干部'在哪塔?辛辛苦苦几年培养起来的好党员干部,全上前线了!有句俗话说:'泥捏人也要有时间晒干。'我盘算我好赖算个区长,负这番责任;随便乱七八糟凑一帮人,不要说贪污的话,亏损短欠,账目不清,往后怎么和县上结算?好在是临时的,打罢榆林就结束,我看区干部办最可靠,耽误一时工作,免得找后麻烦。

你问了好几回，意意思思好像你调查到有人能办了粮站。金书记，只要是这么，你就直说，巴不得把咱这颗圪塔解开……"

曹区长一口气说完，坐下还望着区委书记，等待他开言。金树旺看见区长红了脸，鬓角里突起了青筋，显得有些急躁了。

"你不要急。"金树旺说，态度上尽量表现得心平气静，"咱是为了想办法解决问题，把工作做好，多商量几回有甚关系？"

接着，他解释区长所说的责任问题。他说把领导群众的区干部都拿来做粮站的事务工作，就是对人民不够负责。

曹区长不等他说完就问："你的意思是说在组织群众送粮的问题上对人民负责，就可以在粮站问题上不要对县上负责，是不是？"

"不是的，"金树旺不慌不忙说，"我完全没这个意思。你听我说完。县上指示咱们：'选择可靠人员，配备一个强干部去领导……'是要咱们组织粮站的时候慎重一点，不要马马虎虎，并不是要咱们集中区干部搞。即便县上指示叫区干部搞，咱们实行起来觉着不对，按党章的规定，咱们还可以提意见，何况县上并没这么指示哩？"

"我明白，"曹区长还是红着脸说，"你说的这个道理我也明白，只是说了半天没干部，再说三天还是个没干部。不管对谁负责，你也说不能把粮站马马虎虎推出去吧？"

金树旺笑说："盘粮称草，要甚了不起的干部？我看顶多让行政助理员记账，领导上就行了。你在那一天区委会上说：眼下野战军上来打榆林，支援前线是头等任务，粮食工作是中心，所以要集中全体区干部搞粮站。这就说明你在思想上根本没想尽可能另找人搞嘛。结果区干部盘了粮，称了草，全区的群众送粮可没人去帮助乡干部组织了。现在光送粮的问题还不要紧，咱们紧挨前线，再来个紧急任务怎办？出随军担架回来的石得富说，野战军东打陇东打三边，胡宗南的主力总在屁股上紧赶。他说这回打榆林，也要防备胡宗南上来增援，眼下还是敌人找我们的时候。真要是形势有个变化，咱们区上的领导就完全被动了。"

曹区长听了想了一下,承认他在上次区委会上说的话过火了一点。因此他现在才不坚持非集中区干部搞粮站不可。可是对于形势变化的事,他忍不住笑了。

"我不信石得富的话那么准,"他满不在乎地说,"土地革命那阵,十几个军阀围攻,南路的老红区还是老红区。敌人这回进攻边区,也没占了甚么便宜。春上进攻绥德怎么来?几万人扭成一颗圪塔,一天走得二三十里地,垮的时光两三天就滚下去了。莫非胡宗南猛一下胆大了?就算成他还敢上来,隔着大几百里路,能赶上援救榆林哩?头他们'游行'上来,咱野战军还不像打陇东打三边一样,收拾罢榆林早走了?野战军一走,咱这粮站也就该结束了吧?"

金树旺从区长的话音里感觉到一种太平观念,可是他没有更有说服力的理由,来驳倒老曹的分析。他笑一笑,只问:

"那么你究竟是同意不同意:咱们再想法另找人办粮站?我征求其他干部的意见,他们都说按这几天他们办的情形,实在用不着区干部搞,仔细一乡一乡谋虑,能找到人,只要有区上的一个干部领导就行了。"

老曹收拾起水烟袋,略带不满地说:"是这么个情形,你下来就应该和我直说嘛,何必绕这么大的圈子?只要大家有办法,咱再商量……"

金树旺来不到一个月,已经知道老曹是个直心肠人,他给他解释:只是想从思想上谈清楚这个问题,并不是对他不诚恳。

"他们都说,"他又试探区长的态度,"石得富回来才几天,没赶上这回上榆林前线,就是个得力人手。你觉得他怎么样?"

"嘿嘿,怪不得他们都说有办法,"老曹笑说,"可以。得富可以在粮站上工作。可是也不过盘一盘粮,称一称草,不要把他抬得太高,那么就害了他。又不是才从天上跳下来的个石得富!我在这区上二三年还不清楚他？抓人、押人、查夜、跑腿是得力人手；论领导，还年轻。俗话说：'嘴上没毛，说话不牢'，再过上五七个年也许差不多。他们见他从前线回来，介绍信上说他在随军担架队里得了模范，又带回来个奖旗，众人就不知道他有多能行。我也说这个同志不赖，可是一个干部进步该要有个过程吧？他在前线上能领导一个担架排，不一定就能领导了后方的粮站。"

金树旺想起在延安整风时文件里一句"熟视无睹"的话来，觉得老曹仅仅因为很熟悉这个同志，就可能不重视这个同志新的开展。怪不到他要来这里时，县委书记说老曹有点经验主义。

"战场上考验过的是不同，"金树旺严肃地说，脑子里浮动着石得富给他的好印象，"我在边区党校学习的时光，听他们理论高深的同志说，列宁说过战争中间一年对一个干部的考验，胜过和平时期的几年。大意思是这么说，我盘算也对。一个同志在平时看起来是平平常常的，可是在严重关头上就特别容易表现出好坏来。石得富这个同志是还年轻，我们注意教育，不要让他骄傲起来就好了。众人也没说叫他领导粮站呀！"

说话中，大门口响起了石得富的大嗓音："在着啦！门开着啦！"

"正说他，他回来了，"金树旺连忙站起，"怎么听见有牲口进来哩？"

说着，区委书记和区长一齐出到门台阶。

"葛专员？"金树旺　跳下了门台，到当院去握手。

老曹也赶上去握手，问："专员也到前方去呀？"

"到镇川。"葛专员说，虽然风尘仆仆，却是神采奕奕，轮番看看两人，很高兴地问，"工作紧张起来了吧？"

"啊呀！"金、曹两人同声说，"自野战军上来，再没消停。"

说说笑笑，两人问讯专员飞机扫射时走在哪里，受惊了没？葛专员简单地谈叙着，上了门台阶，对正在帮吴忠揭行李的石得富说：

"让他自己搞吧!"吴忠也直说:"我弄,我弄!"可是石得富坚持一面解鞍绳,一面问吴忠:"这骡子老实吧?你拿行李,我给你拴去……"

葛专员站在门台上赏识地看了看石得富热心的样子,然后才进窑。区委书记和区长荣幸地说石得富在前线担架队上是模范,专员更加满意;他们在路上拉谈时,石得富对这一点一字未提。

把包着一层灰布的草帽放在桌上,脱着上衣,葛专员一个劲看着区长。

"面熟得很……"

"我叫曹安本。"老曹略带拘束地自我介绍。金树旺补充说,"我们的区长。"可是专员还是看着,直看得曹安本不好意思起来。

"你参加过土地革命吧?"

"一九三五年在米东县委当过交通……"

"对了,对了,"葛专员完全想起来了,兴奋地说,"不是你带我绕路钻出去,我那回怎么也跑不了的。南边是国民党八十四师,北面是八十六师,没有一个村不是他们。我一个外路人怎么能摸上那些沟沟渠渠呢?"

"噢噢,"曹安本也想起来了,"你就是那梁华同志,那时米东县委的组织部长!"

"不错,"葛专员点头说,"你那时也不姓曹,代字是老安,对吧?"

"对。专员实在好记性。你要不说,我是不敢认。你比那阵胖多了。"曹安本说着,想起旧前的事不由得感慨起来,叹了口气,"唉,一晃十几年过去了。我那阵农民意识太重,总想回家安帖一下老娘,没听你的话一块下南路老红区去,可弄赖了。"

"怎么?"葛专员用草帽扇着光穿衬衣的怀里,笑问,"国民党把你搞住了?"

"差一点,"曹安本似乎直到这时想起来还晦气,"跑是跑脱了,可进不了红区,也找不到组织了。蒋介石和阎锡山一联合,晋军孙楚、王靖国过了黄河,吴堡四支队和葭县六支队也撤走了。我溜过山西打了一气短工,等国共合作了回来一看,不说婆姨娃娃,老娘也给豪绅地主引上白军杀了。抗战以后咱的军队上来,这才又恢复起地方组织,我续上关系工作到而今。……"

葛专员聚精会神听着,同情地点着头,重新仔细打量了一下这个穿着粗蓝布工作人员制服的高大农民身派,抿嘴笑笑。

葛专员又问金树旺的情形。他说他简单,土地革命那时才十五六,还给地主揽工拦羊哩。抗战以后入了党,在村里当了一年支部委员,又到区上担任青年主任。一九四二年精兵简政的时候,因为他小时念过几冬"冬学",参加革命以后,工作逼着学习,又有些长进,所以组织上没让他回家,调到延安边区党校,一住就是三年。日本投降以后,外来干部大批调去东北,他又回到地方上工作。开头做区委组织科长,担任区委书记还不到一年……

"咱人年轻,经验不够……"金树旺谦虚地笑笑,见通信员端来了洗脸水,就说,"葛专员洗脸吧,我们叫他们给咱搞饭吃。"

"不要另搞,"葛专员连忙说,"我和大家一块吃!"

金树旺和曹安本两个都说不行:区上因为干部都办粮站,吃两顿饭,晌午是只喝绿豆汤。说话中,石得富也来给区长交代送敌探的收据,一群老百姓直追到门台跟前,问他相随来的那个骑骡子的干部是甚么人,榆林那面的战事有甚么消息,要多少时战事才能见高低。石得富给众人解释了几句,人们在当院议论去了,他才脱身进窑来交代。

金树旺对曹安本说:"我上粮站去叫尚生光和老王……"

"我去,我去。"石得富交代着,连忙叫住区委书记。

曹安本说:"他去也好。要是走得不太乏,就帮助他们收发一下粮草。"

"这才走了几十里地乏甚么?"石得富在旁边说,"一纵队追击从定边跑了的马鸿逵军队,我们担架队跟上一夜跑了一百二十里,头明追上还开火……"

"好同志。"葛专员擦着脸,满脸笑容对区委书记和区长夸奖。石得富走后,专员问,"你们这里的粮站,怎么区干部自己搞呢?"

"嘿哎,"曹安本叹了口气,"将才还和金书记说了半天,这个问题可把我们给整住了。"

金树旺一见葛专员来,早不着急了。他安慰似地说:"等葛专员洗完脸,再详细拉谈。咱们先去叫搞饭吧……"

第 三 章

区公署大门进来一个约有五十上下的老汉,拿一根长杆红缨矛子。他那满头大汗的样子,表明发生了十分紧急的事。老汉显然早过了自卫军的年龄,他拿矛子只是个幌子,表示他是为公事来的,路遇甚么人有甚么事,也不能耽搁他。老汉一进大门,就熟悉地直端往区公署办公窑里撞。在另一个窑里商量给葛专员搞饭的金树旺和曹安本连忙跑到院里,老汉已经进了窑,正在给葛专员交信。

"怎么个事?"曹安本追上来接信,责备老汉,"你也不看看是咱区上的人不是?"

老汉并不在乎这责备,一边撩起襟子揩脸上的汗水,一边没头没尾嘟呐说:

"死了三个,伤了十七个。两个伤太重,我们乡上动员的人就抬上往乌龙铺送去了。啊呀呀,我看那两个性命也难保……"

金树旺和曹安本连忙看信。葛专员一听就知道是飞机扫射时伤亡了的民工。他没想到出事的那个乡上还动员不起足够的人去送他们。他问老汉:

"民工们不能先送他们,返来再送粮去吗?"

"哈!"老汉说,"他们那伙伙伤亡了一大半,听说旁的队要帮助送来,他们当成乡上能动员起人,就叫人家不要误了往前线送粮。他们没盘算这塔靠边界,这回上前线的人多嘛!"

曹安本看罢信,皱皱眉头说:"这几十个人又不是一个两个乡能动员起来的。老汉,你在那面窑里歇一歇。我叫区秘书发通知。"

"光发通知不行吧?"金树旺说,"信上不是写着:运粮队的负责人要求咱们区上最好去一个同志,帮助他们一下吗?"

老汉说:"我不怕你二位笑我多嘴,区上不去一个干部,靠乡上赶明儿也打发不起身。"老汉说着,显出痛苦的脸相,"不能耽搁!带伤的红汤黑水怕化脓,亡故的能长停在我们村里的老爷庙上吗?依我看,就得今后晌动员人,连夜送到地头才好。"

"这老人家说得对,"葛专员在旁边指示说,"拖不得的。你们应该派一个人去。应该对群众负责。"他问老汉,"你知道尸首要往哪里的兵站送吗?"

"听说全是黄河畔人,一概要送乌龙铺。"

"唔,"葛专员一听路程不远,重复说,"拖不得的。"

曹安本看见专员很重视这件事,连忙说:

"我去组织人送伤亡的民工。"

"不用你去吧?"金树旺说,"葛专员来了,咱们正好谈一谈粮站的问题。叫他们别的同志去一个吧?"

曹安本显然是不愿干扰区干部在粮站上工作,所以果断地说:"我去。先写通知叫老汉带去,我等咱们谈完起身,误不了事……"

金树旺只好同意。送信老汉到那面窑里等区秘书去了,葛专员就问起粮站的情形。

区委书记有意让区长说。这并不是他使心眼,而是他估量目前的做法八成要受批评,免得好像他告区长的状。曹安本把县上的指示,区里的干部情况,粮站的责任很大,每天出入几十石粮食的备细情由说下来,最后谈到这项紧要任务和区上一般工作的矛盾。他愁楚地说:

"原来我们盘算这粮站是临时的,打榆林是十来八天的事;后来一看,光靠下边组织群众送粮不行,就觉得不对,只是干部问题没法解决。这财粮工作还不比旁的,随便甚么人摆上去行吗?"

葛专员听了,转脸看看区委书记。

金树旺承认:"干部是个问题。今前晌我们大家才又全同意:重新从各乡研究出些人来,叫行政助理员领导上办;可是究竟怎个样子,眼下还没底儿哩……"

"唔,"葛专员连连点着头,想起县委书记关于粮站的话,自言自语说,"原来是这样……"

区秘书尚生光抱一颗西瓜,领着饭铺老刘用提盘拿来饭了。曹安本把信交给区秘书,吩咐他到那面窑里写通知打发送信老汉起身,然后就和金树旺一块招待专员吃饭。老刘把菜、汤、饼子都摆到桌上,两个主人搬着椅凳。饭铺老刘把通信员的饭拿到那面窑里去吃。

吃饭中间,葛专员惊奇这小乡镇平日还有饭铺。他们告诉他只不过是个大村子而已,有一个合作社,平时没甚事,逢集生意稠,现时人们支援前线一走,也不行了。饭铺是为供应领粮的部队人员。专员只问合作社有几个干部。

"三个。"曹安本说,"主任县上来信临时调到镇川堡,在分区支前委员会办的总粮站工作去了,剩下一个会计老汉,还有一个伙计。"

金树旺一直注视着葛专员。他约莫着专员问这些是有用意的。

果然专员又问村里还有甚么干部、党员和比较能办事的群众。曹安本叙述村干部都领导群众上榆林前线运粮去了,只剩下一个行政主任,还不是党员。刚从前方出随军担架回来了两个人,一个就是同葛专员一道来的石得富;另一个是复员回家的战士石永凯。这人左胳膊是残废,虽然在分区保安大队干过一两年,可是始终没入党;人粗心大意,不多说话,还有点倔脾气。此外就剩一个石永公,倒是个党员,还略微能写能算,只是有个肚疼病,春上还当行政主任,一打起仗事务多,他常误事,才换了另一个人。……

"这村里只有这几个七长八短的人手。"曹安本尽量把在家的人手说得不行,不安地一眼盯着专员。

"不错嗳,"葛专员笑笑,"总还是有些人哩嗳!"

金树旺从专员的态度受到鼓舞,高兴地说:"区干部到一块看看旁的村,还能多提出些人,可以挑选……"

葛专员说:"吃过饭我们谈一谈……"

于是他们很快地吃饭。吃过饭,又吃西瓜。金树旺拿刀切开西瓜,分一半叫尚生光拿到那面窑里去和通信员吃,他们好谈问题。

"我想你们恐怕首先是和平时期的一套领导方法转变不过来。"葛专员用手帕擦着他的手说,显出他已经有了考虑成熟的意见。

金树旺见专员谈起领导方法,连忙掏出笔记本本准备记。曹安本粗识字,只能看下去普通信件;他只盯着葛专员。

葛专员继续说:"现在是紧张的战争时期,不管做哪一样工作,都要有个战争的观念。不错,不能说粮站工作不紧要,可是还有其他的工作一样紧要,比方你们说要组织群众送粮,再比方刚才过路民工要求动员担架,还可能有紧要的工作出来。不能因为你们区上有个粮站,人家就不找你们,你们也不能不管吧?"他说着笑了,望着两个负责干部,"要是情况马上来一个变化,到那时你们区干部连一天也不能光搞粮站了,早没有安排好,猛一下交给谁去搞?"

金树旺没想到葛专员竟首先提出情况变化的问题,曹安本一听更出他意外。两个人同声问:

"情况怎么变化?"

"你们以为胡宗南会站着看我们打榆林吗?"葛专员笑说,"陇东和三边,我们打的是马步芳和马鸿逵,他还在屁股后撵我们。榆林有他一个旅,他不要了?当然,他要是来得慢,我们准吃掉他那个旅,把榆林拿下来。可是他要是来得快呢?我们恐怕就要瞅空子消灭他的援兵,这就是毛主席的战略思想。我们不怕他上来,而是准备着他上来。可惜我们大部分地方工作的同志,连老百姓也是,都不大朝这么想。西北局关于这回军事行动发的指示,县上没给你们传达吗?"

金树旺说:"传达来,众人都当成和往常一样,叫提高警觉性。"

曹安本说:"过去咱常喊叫备战,常没事,连老百姓都不信了。春上敌人占了绥德,米脂就准备得好,坚壁了个净,城周围地雷都埋好了。三天以后敌人垮下去,老百姓尽笑。"

"这就不对,"葛专员郑重地说,"就应该给群众解释!上一回敌人没来,是因为我们在蟠龙截了他的后路。以后就再不会来了吗?"

金树旺和曹安本问胡宗南的主力现时在哪里,葛专员走到墙上贴的一张陕甘宁边区地图跟前,两个人跟上去一左一右站下。

"野战军打陇东的时候他们在这一带,"葛专员在赞县以西的太白镇和黑水寺一线画了个圈圈,然后把这个圈圈移到志丹以西的金汤镇和金鼎山一线,说,"打三边的时候,他们又到这一带。现在董钊和刘戡的十个半旅的机动兵力都在那里,其中二十九军的三十六师已经到了这个地区。"

金树旺和曹安本凑上去一看,葛专员指的是三边分区的靖边县。

三个人回到各人原来的位置上。葛专员说:"胡宗南进攻延安以后,先是想把西北野战军消灭在边区,后来见消灭不了,又想赶过黄河,他好抽出兵力去对付晋南的野战军。现在西北野战军全部到无定河以北了,他还不来吗?"

曹安本又提出敌人过去怕挨打行军很慢的问题,葛专员笑了:

"过两天他弄清楚我们全部到了榆林周围,他还怕甚么?"

曹安本在金树旺面前红了脸。金树旺感到老区长没有必要在他面前这样爱面子。他自己也没想到葛专员的意思是有意调动敌人上来的样子。他问:

"野战军为甚么要把敌人调动上来消灭哩?南面不好打吗?"

葛专员笑说:"这个你们不要管它,毛主席有毛主席的计划;在他直接领导底下,我们倒是完全乐观的。"接着他就批评地方干部的盲目乐观,不作严重战斗的准备,最后甚至于明白地说:"进攻榆林的行动,无论打下来打不下来,会是一个大战斗的引火线。"

金树旺恍然大悟地连连点头,不由得兴奋起来。曹安本红着脸对区委书记说:

"早知道是这么个情况,咱们怎么也不能区上自己搞粮站……"

"我看你们想从各乡抽调人也值得考虑。"葛专员看看他们两人,问,"你们不是说各乡都剩下很少的干部了吗?要是真的来个大战斗,哪个乡的干部还能抽调?抽调了,你们区干部下去怎么领导群众?"

两个人一听:的确。葛专员给他们进一步解释:一切革命工作,包括粮站在内,都是党员和干部领导群众做,而不能只靠党员和干部做。他举出参军、担架、运输、民兵……等等的活动,来说明这个战争的人民性。胜利不是光靠军队来争取的!他说单论军队,敌人大过我们好几倍,美国装备;可是加上群众力量,优势就到了我们这边。

"这个道理你们明白吧?"葛专员笑问。

"明白,"两个人同声说,"这个道理明白。"

"那么问题不就很清楚吗?群众力量再大,没有很好的组织和领导,怎么能行呢?"谈到这里,他就把前响敌机扫射时,石得富领导民工防空的情形说了说,又同前沟里没人好好领导,结果遭受损失比较了一下,归结说,"这就是领导的作用。领导群众才是你们区乡干部的责任,盘粮称草不是你们的责任。根据备战的需要,其他乡的党员和干部和你们一样,也有他们的一部分群众要领导。全体人民都在为消灭蒋胡匪出力,你们要对他们负责……"

金树旺和曹安本听得入了神,刚准备问专员粮站究竟怎么办的时候,门里进来两个年轻妇女,更准确地说,是两个还没出嫁的农村女子。一个照文工团女同志的样儿结两条小辫,另一个则剪成短发。

她们每人提一捆鞋,进得门,双辫就说:"交军鞋来了。"说着,她两个就把军鞋往桌上一放。葛专员看见用缩鞋绳子拴在一块的每一双鞋,这一只鞋底上写着:"打倒蒋介石!""消灭胡匪!""勇敢杀敌!"另一只鞋底上写着:石王氏、刘桂花、石李氏、尚素贞……

葛专员翻看了几双鞋,非常高兴。

"你们自己会写吗?"

"瞎画哩嘛。"双辫说,显得很大方。

短发则补充说:"有自己写的,多半是寻合作社老陈写的。"

"很好,很好!"葛专员连声称赞,"咱们的战士们穿上一定高兴,一定勇敢地把敌人给咱们消灭了。"说着转向金树旺和曹安本问,"你们区上谁管这个事?"

两个人早给葛专员说得都在呆想,金树旺看曹安本,曹安本说:

"你们怎不给乡政府一块交哩?"

"乡长说区上在我们村里,叫直端交了算了。"双辫申述理由。

短发问:"那么他还没和你们说好?"

"唔,"曹安本答应,"大概和尚生光说来,你们看他在那面窑里没? 要不就在上头粮站上寻他,我们这里有问题谈。"

两个女子最后打量了葛专员一眼,提溜着鞋出去了。葛专员等她们出了门补充说:"你们还要对这些妇女负责,她们都为战争出力啊。"

"明白了,"曹安本知错认错说,"我们这同没做对,你说粮站究竟怎么配备好?"

金树旺试探:"葛专员的意思是不是说,粮站的人就在这村里想办法?"

"我看应该是在这村里想办法,"葛专员说,"这样不管情况怎么变化,你们都是主动的,不会牵扯其他地方的工作。既然这个地区这回动员很大,你们刚才吃饭时说的那几个人不能也动员起来吗? 从前线刚回来也罢，有肚疼病也罢，在村里或在合作社工作也罢，现在大家这样紧张，他们谁能不愿意吗？"

"好，"金树旺高兴地对曹安本说，"这么办最好。石永公有肚疼病，不能上前线，在村里也不能工作吗？他是个党员，还当过干部。石得富们几个都没问题。就是合作社还有点摊子，眼前也没多的事；即便有事，这可要服从战事的需要哩。"

"不错，"葛专员同意这个说法，"真正次要的就应该服从战争的需要。分区支前委员会这回从各县调了多少干部，到前线去办粮站，不是说你们这里的合作社主任也去了吗？"

曹安本好像从一堆迷雾里钻了出来，一下清亮了。他叹了口气，觉得轻松了一截子。心上的一颗疙瘩解开，脸也不红了。

"嗨，"他说，"我又犯了老经验，把粮站当成平时的仓库一样看待。县仓库有主任，有会计，还有过斗员，都要党员。我满没盘算粮站是个战时的组织，不能和仓库比……"

金树旺有意分担区长的责任，说："我也受这个影响，说要从各乡调干部哩。"

区上两个负责干部都搞通了思想，葛专员显得很是高兴。他又提醒他们：将来情况一旦变化，区上的工作会更紧张；因此要不要一个区干部专门领导粮站，也要重新考虑。他说粮站离区上这么近，干脆让哪个本村的干部领导去，区上总要留一个人，经常照顾照顾也行了，免得将来再变动。……

"你们看那个石得富领导不了吗？"

金树旺早从葛专员的话音里听出了这个意思；可是因为曹区长谈起石得富，说他"嘴上没毛，说话不牢"，金树旺先不表示态度，只看着曹安本。

"对，"曹安本兴奋地说，"按葛专员的指示办，区上光照顾，对。石得富是个好同志，领导粮站不如石永公合适……"

曹安本拿两个人比较：石永公四十来岁，办事稳、细致，当过几年行政主任，笔砚算盘都还能动一下。要是叫合作社老陈上粮站来当会计的话，石永公比石得富合适。石得富人年轻，管粮站怕不行。他揽长工长那么大，过去只管民兵工作，历次群众运动里光跑腿、抓坏蛋、斗地主，领导方面经验可不够，写算还都不行。这回在随军担架队里虽好，可是粮站是个细致工作。春上他弟兄两个都报名参军，两个光棍好后生，家里只有个老母亲。曹安本说他很赞成石得富去，当时的区委王书记没批准，说这个干部留在地方上有用。

"他还有一宗事，群众里影响不好，"曹安本很惋惜地说，"他本人不承认，旁人也没证据，可是两个亲密是人所共见的。我听说他这回回来，那女子和他缠得更紧了，这件事结果还不知弄成怎个样儿哩……"

"是刚来的那个短头发不是？"金树旺也听到一点风言风语。

曹安本说："就是。那女子也是硬，为她和石得富的关系，她娘老子管不住她，倒叫我管石得富。"

"究竟他们乱搞了没有？"金树旺问。

"他们就是不承认嘛！"

"怎么个情形？你从头仔细说一说。"葛专员笑问，脑子里浮起生龙活虎的石得富和那个一对大眼的短头发姑娘。

曹安本从头叙述。这姑娘叫李银凤，现年十九岁，原来是高庙区李家湾人。她老子为了安种木村"积善堂"地主的庄稼，把家搬到沙家店十来年了。老汉没儿，只有这个女儿，因此从小跟上老子点籽拣草，长大也像个小子一样上地，分担老子的劳动，水粪担子都能挑。这几年她跟那个双辫在一块识字，又办一点村里的妇女工作。据说石得富早年就常到她家里串门，她一工作上，两个人自然更容易亲近，因为是做工作，谁也没理由干涉他们，渐渐地风言风语的谣言就传开了。本来要是真能成了亲，也好了；无奈银凤娘老子死也不同意。石得富他娘也不中意,嫌女子太野,不是个好媳妇……

"石得富有缺点,"曹安本深为惋惜地说,"他应该听支部上的话,不要和她在一块多混,惹起谣言。党员们的意见都说:他们双方应该用老百姓习惯的正当办法,先说通娘老子,明媒正娶,不要弄得群众影响不好。他两个都不大在乎,就因为这一点,银凤要求入党,支部没通过,叫暂时搁一搁。"

"啊啊,"葛专员有趣地笑说,"小伙子还有这么个故事!……"他笑笑,问金树旺:"你的了解怎么样?"

"我初来,石得富也刚回来三五天,这两天才听说有这个事,不清楚底细。不过按区干部们的说法,石得富和银凤不至于乱搞。"

葛专员只好说:"我不了解全面情况,你们觉得有比他合适的人搞粮站,更好嘛。我要走了,昨晚上地委来电话,叫我不要在米脂多耽搁,说后勤部又来电报催了。……"

他叫早在门外等候叫唤的吴忠备行李。

通信员备牲口的时候,外面又嚷叫飞机来了。满沟渠送粮的群众拉着赶着毛驴,乱成了一片。窑里三个人到门口朝天一看,一架五个头的大飞机从北面的山丛中钻出来,飞得很低很慢,带着隆隆的震动声向南去了。

"运输机,"葛专员说,"从榆林回西安去的运输机。他们靠美国陈纳德的航空队,我们靠群众力量。咱们要好好组织这个比赛!"

吴忠备好骡子,葛专员就戴起草帽起身了。

第 四 章

要了解一个同志想些甚么和做些甚么,这比较容易。但是要了解这个同志是不是正直和高尚,这就比较费劲了。看见葛专员听到曹区长怀疑石得富的品质问题以后对石得富变成保留的态度,金树旺对高级领导同志的这种分寸感,是很理解的。这些年做人的工作,金树旺努力学习这种认真、严肃的精神。

曹安本给伤亡的运粮民工动员担架走了,金树旺把葛专员的指示和解决粮站问题的方法,给从粮站下来喝绿豆汤的区干部们一谈,众人当下张一言李一语提出石得富、石永公、行政主任石永义、复员战士石永凯、合作社会计老陈和伙计张明正这六个人。金树旺要大家看看石得富和石永公谁负责粮站合适。

众人也有说石得富的,也有说石永公的。金树旺看出赞成石永公的人多。行政助理员和曹区长一样强调账目手续。保安助理员则说如若情况一紧,民兵们都上了前线,石得富还要注意反动地主破坏的活动。两个不同的出发点,得到同一个结论,因此多数人同意。只有组织科长是另外的看法,他指出石永公家庭观念重。因为他识字,组织上曾经想调他脱离生产做工作,他说老娘、婆姨、娃娃离了他不行,不愿去。将来情况一紧,大家都备战时,他一准又要顾家庭。而且他没石得富坚强,胡宗南占了延安以后,他多少日子愁眉苦脸,肚疼病加重了。后来野战军接连打了几个胜仗,又听说毛主席还在陕北,他肚疼病又轻了,脸色也好看了。

金树旺倾向组织科长这种看问题的态度。他反对片面强调粮站的账目手续，也不同意忽视粮站的重要。他说粮站负责人等接办粮站的人们商量以后，看群众的意见怎样再说。

区干部们喝过汤，又全上了粮站。金树旺想找石得富谈一次话，顺便叫他通知另外几个人，黑夜到一块拉一拉。尚生光要去叫石得富，金树旺说：

"我到他家里去。"

石得富的家在大沟里住。金树旺下了拐渠，川流不息的运粮民工还在大沟里过。那百十步长的街道两旁，有些卖茶饭和卖瓜果的人。走到集场北头，他打听了一下，有人指给他半山坡上一座四眼接口土窑的院子，说石得富正在家，院里不喂狗。

金树旺上了坡，进得大门。他看见靠左边大门正对面一眼门窗敞开的窑里，炕上睡一个婆姨和一个五六岁的娃娃，还在歇晌午。靠右边一眼窑里，一个老婆婆在嘟嘟呐呐说话。这院里只两眼窑住人，金树旺想那说话的大约就是石得富他娘。他听见石得富在窑里没奈何地央告：

"好我的妈哩！不要老和我唠叨这层事好不好？你不看眼下兵荒马乱正打仗，谁顾上办那号事？"

"又不要当下娶！"老婆婆坚持说，"眼下乱，定好亲到冬后娶，也不行？"

"你再说，我连饭也不吃就走哩！"石得富的火劲来了。

金树旺到当院喊叫了一声名字，石得富放下碗一跳下了脚地，鞋也来不及穿，光脚片跷出门限，满脸堆起笑来。

"金书记，葛专员走了？"

"走了。"金树旺说着进了门。

石得富他娘在炕上连忙拾掇着一堆烂棉花套子，扫炕铺毡。金树旺连声说："不要铺！不要铺！"就在炕边上坐下来了。

"不要铺就不要铺，"石得富站在脚地对他娘说，"他虽是头一回来，可不是外人。妈，这就是咱区上新来的区委书记。"

他娘敬仰地看看客人。金树旺叫石得富吃饭，母子两个礼让了他一阵，石得富才上了炕，重新端起碗。他娘对区委书记解释：她以为儿子晌午回不来，没给他做上饭；为他走了路，才给他做些鸡蛋面疙瘩汤吃。

"他从前线上回来才几天。"她说着，那么疼爱地望着石得富，好像小伙子是她的小宝宝。

金树旺从老婆婆消瘦而满脸皱纹的容颜，想起她还有一个小子在前线杀敌，觉得这母爱特别亲切。石得富吃着饭，金树旺转眼浏览着全窑。

满窑的墙都是新泥过的。脚地的一边摆着两三口盛粮食的瓮，另一边则是一个油漆亮光的竖柜，和这窑里简陋的陈设很不相称，一看就是清算地主时分来的果实。竖柜往后靠锅台是一口水瓮，往前靠窗台则立着石得富常背的那杆步枪，而在竖柜上边墙上挂的就是那面红绸奖旗。金树旺在石得富从前线一回来到区上时就见过那奖旗，中间四个大字是："勤劳勇敢"，前边是一行小字："赠给模范担架队员石得富同志"，后边的一行小字则是："西北野战军第一纵队司令部政治部"。这奖旗和那竖柜给窑里增加了政治色彩，很明显地表现出这是个革命家庭。

金树旺一边浏览，一边喜欢地咧着嘴笑。石得富他娘说明着这院里的窑原来是"积善堂"地主贮存喂牲口的干草的，春上清算罢地主才分给他们和石永福两家。石得富上前线以前和石永福一块泥了一下，两家从拐渠里的破土窑搬下来。眼下院里驴棚漏雨，碾磨都不好使唤。石永福常说等石得富回来合力收拾一下，可是这个回来了，那个又赶着两家伙喂的驴，上榆林前线运粮去了。

"唉，"老婆婆感叹说，"揽工汉人家从小土窑窑搬到这么个平平常常的庄户人窑里,就显着空荡荡的。我盘算要过的像一家人家,总要先成家。陈家坡有个女子今年十八……"

"你再没旁的话好说啦?"石得富很不满意地截住他娘,在区委书记面前有点尴尬。

金树旺一听就明白:这是他进院来打断的那个话头。老婆婆对这件事那么热切,好像只有石得富娶过媳妇,这窑里才不会显得空了。金树旺看看石得富不高兴的样子,想起那个短头发银凤。他劝石得富他娘说:

"老人家不要急,等把蒋介石、胡宗南消灭干净,才能过太平日子。得富说得对,现在正打仗……"

老婆婆还要说甚么,石得富已经吃罢饭,截住了她:

"好哩,好哩,不要唠叨哩。你快拾掇家什,我们拉话……"

因为暖季嫌窑里热,庄户人多半在院里筑起锅灶,上边用席片搭着顶棚做饭。石得富家里也是这样。他娘收拾了家什出院里去了。他掏出他那杆因为在担架队上带着不方便,照战士们的样子截去了多一半,只剩一手掌长短的烟锅,装着烟就问区委书记:

"你来是叫我又到哪塔去不是?"

"不是,有个问题想和你谈一谈。"

于是金树旺就告诉他:区上已经决定把粮站交给沙家店本村的几个人办理,要他后晌通知众人一下,叫黑夜大家到一块商量。

"你也参加这个工作,"金树旺说,"你看这几个人谁负责好?"

"区上预备叫谁负责?"

"你说,"金树旺有意试探他,"依你看谁负责才合适?"

石得富盘算了一阵,说:"啊,责任不小!"

"是不小。"

"过斗捉秤的人好办。管账的,老陈最行。只这个负责人难瞅。农会主任石永发能行来,他这回领带运粮队上了榆林前线。区上留一个人领导吧!"

"葛专员说用不着区上留人。"

石得富明白了:这是葛专员的指示。他又盘算了一下,说:"这么着,就要看石永公怎样。他有肚疼病,这又不要乱跑;他离开家时长了不行,这又在本村。听说他婆姨坐月子也满月了,我估量他不能推辞。"

"有人说情况一紧他不行……"

"怎么?"石得富问,"是不是南线上的敌人行动开了?"

"眼下还没,"金树旺在情况还没有确定以前,不愿意搞得大家很紧张,只说,"葛专员指示一定要有这个准备,你回来不也说过吗?"

石得富这才把他装起的那锅烟吃着,笑说:

"我从大理河川回来,见野战军都开上去打榆林,心里就盘算有这一着。胡宗南也是瞅咱们的空子。老曹说我'嘴上没毛,说话不牢',不要扰乱人心……"

金树旺说:"不要说得过于凶险,也不要有太平观念。有准备就好了。"

"对,"石得富同意,"野战军在这方面,咱怕甚!我看叫石永公负责上,我帮助着他些,行。"

金树旺看见他这股坚强的信心,相信组织科长的话不假。他问他在担架队里的情形,想知道他究竟怎么被大家选成模范的。

"这没甚说头,"石得富拍拍他的大腿,"光是比人家腿勤。老百姓没走惯长路,队伍到地场一宿营,担架队全累得不行了。看房子、领粮、担水……咱年轻,多跑些腿。走在路上轮着掮担架,比人家多掮些就是了。"

金树旺笑问:"打罢陇东为甚么把你提拔成排长?"

石得富笑笑说:"陇东山高沟深,三边是一片沙漠地,村子又少又小，军队一去就占几十里。住的地方还不要紧，暖天野地能睡；光吃喝是个大麻烦。就算自己背上口粮，军用锅支起，没柴水怎能做饭？你说众人又乏又饿，咱是共产党员，能不积极想办法？"

金树旺喜欢地点点头，一眼望着他和困难做过斗争而不怕困难的神情。

石得富畅快地说："不要紧！叫石永公管上，我给他帮助。情况再怎么紧张，我盘算没陇东和三边那么困难。"

"那也不一定，"金树旺提醒他说，"要看敌人朝哪里来。没那种困难，也许有另外的困难。我们时刻不要把事情估量得太简单，碰见大的困难才不会慌张。"

"明白，"石得富承认，"我们在担架队上，一纵队司令部有个黄参谋给我们讲话，也这么说。我们担架队的班排长遇到困难，叫队员们咬紧牙关忍耐，说过了这一个地面就好了。黄参谋说不对，应该说把反动派消灭干净就好了。他说：要把敌人消灭干净，会有想不到的困难在前头……"

金树旺高兴地心里想这年轻后生这回的确学了点东西。

他还想了解一下石得富对他和银凤的问题是甚么态度，门外却传来区秘书尚生光和石得富他娘说话的声音。尚生光到门口说：

"金书记，三乡王家园子扎的部队医院来了个同志，要见区上的负责人。我说区长不在，他要见你。"

"好吧，"金树旺转向石得富，"你先通知他们几个，黑夜到一块再商量。区上杂乱，干部们劳累了一天要睡觉，咱们就到合作社去谈。"金树旺叫石得富都说好，三个人就起身了。

他们出得大门，下了坡到集场上。尚生光要到合作社去一下，石得富就托付他顺便通知一声。石得富自己去找行政主任石永义和复员战士石永凯，就跟金树旺一块上拐渠去。

两个人从双辫家的大门口经过时，正好她和银凤在大门道里做

针线。银凤一见他们过来,看见石得富和区委书记一块走,独自溜进院里去了。双辫却坐着不动,等他走到跟前,说:

"得富,今黑夜没事到我家来,有句话给你说。"

石得富当着区委书记的面,显着很不自然;很明显,她是替银凤约他。

"今黑夜有事,顾不上串门。"

"真有事还是假有事?"双辫好像信不着,笑说,"上了回前线当了模范,红旗挂在墙上,就认不得人家了? 不相信你回来几天,连一点空抽不出……"

金树旺见石得富难为情的样子,就对双辫姑娘解释今黑夜的确有事。

两个人又走开,石得富的脸还红着。金树旺猜想那双辫说的"人家"准是指银凤,又想起石得富她娘说的"陈家山有个女子今年十八……",就问石得富究竟是怎么个事情。

"你给我说,也许我还能给你出主意……"

"我就给你实说吧。"石得富看看区委书记的脸色是含笑的,他就痛快地说了。

他把他和银凤旧前的关系约略谈叙了一下,说支部里和老曹批评他男女关系有问题,损害了党在群众里的影响。银凤的娘老子则更因为闲言闲语,早和他不搭话了。他上前线去抬随军担架以后,银凤她爸托人给他娘说:"这阵地也有了,窑也有了,快给得富成家吧,不要让他再瞎混,免得两家失和气。"他从前线回来时,他娘已经托媒人说上陈家坡的那个女子……

"你没听见我娘老和我拉这层事?"石得富到分路的地方站住,说,"我是几方面为难。这回因为上级奖我是模范,一回来老曹就叫我注意,因此我避着不敢和她来往,她当成我……唉,麻烦!"

金树旺笑问:"她当成你当了模范,看不上她了?"

"谁知道,"石得富说,"总是多了陈家坡这层事,更犯疑。"

"你和她究竟怎么样?"

"哈!"石得富作难地笑说,"党里头不兴赌咒,我怎么说哩?"

"你的意思是愿意和银凤好?"

石得富不自然地笑笑,表示承认。

金树旺郑重其事说:"那么你告诉她,叫她放心。现时不要扯这个问题,把全心全意放在消灭胡宗南这件大事上。往后咱们可以想办法说服银凤的娘老子。他们也是基本群众,只是旧脑筋一时转不过弯就是了。你相信我的话吗?"

石得富显然没想到区委书记竟这样关心他自己的事,高兴得很。

"那么黑夜我们众人在合作社等着你!"他兴奋地说着,就分路走了。

第 五 章

　　沙家店合作社在当街那排五眼大石窑的院里。主任临时调到镇川总粮站工作去了,社里的事务就由会计陈绍清老汉负责。这老汉现在也要办粮站了。

　　老汉原是个穷念书人,早年教私塾糊口。后来到处都办新学,他再找不到这个体面揽工汉的事了,曾给本村地主"积善堂"管过租账。他当过镇川堡客店里的账房,还在榆林国民党的地方法院当过文书。因为他有股耿直的"怪脾气",看不惯不合理的事,好吃"顺气饭",总是在哪里也蹲不时长。当家乡变成"红地"以后,他已经五十几了,一听说共产党领导的世事样样都好,就毅然从榆林回来,声言要打起赤脚种地。沙家店合作社请他来管了这几年账,是他一辈子做过的事里最可心的,他就把家从陈家坡搬到沙家店来,打定主意死也要在革命这方面干到底。他跟前只有一个小子,在县上的中学里上不花钱的学。胡宗南进攻边区以后,小子响应公家的号召,报名参加后方医院的工作去了。老婆有点舍不得,他常训教她。老汉对革命这样的热忱,以至于竟然有心思加入共产党;可是组织上觉得他经历很杂,暂时拖下来了。眼下合作社没甚么生意,他听说要他帮办粮站,再痛快没有了。吃过黑夜饭,他叫张明正快点洗了家什,众人来了好开会。

　　最先来的两个人,一个是进门要低头的大汉石永义,这人是个木匠,因为他排行第二,人常叫他"二木匠";另一个穿了一件色调褪得灰白、又补了好几块补丁的军衣布衫,就是复员战士石永凯,小名叫虎儿,由于脸上有麻子,从小人们亲热地叫他"疤虎"叫惯了,以至于而今他已经三十多岁,还是改不转口。

和身派十分相称,二木匠说话也是粗喉咙大嗓子,当沟吼叫一声,全村都能听见。

"他们连一个人还没来哩?"他进门就大声说,随即转身对疤虎,"兄弟,今儿开会人不多,你上炕坐吧。"

"我在炕上坐不住,"疤虎只笑笑,依旧用"稍息"姿势站在脚地,把在担架队里截得和石得富的一样长短的烟锅,插进烟布袋里装烟。不清楚底细的人,谁也看不出他左胳膊是残废。从炕桌上放的灯上吃着烟,他就和张明正一块坐在脚地的板凳上去。

老陈亲热地说:"虎子,你婆姨打听价钱,意思想办点货。今儿他们说又要防备敌人上来,我看不如等一等再说吧。"

"得富给我们说来,不办了。"

"对,"老陈说,"不办好!要是敌人真上来援救榆林,一乱,她一个妇道人家,又有娃娃,照护不过来。你这刚从前线回来,这阵又要在粮站上工作。"

疤虎的确有点倔脾气,不多说话,可是心里有主意。人常拿"一口咬断根铁钉子"来比喻他有心劲。为了"积善堂"早年逼死他爸的仇恨,沙家店初设区,成立区小队的时候,他就背了枪。他知道共产党和穷人一条心。他后来调到县上的保安队,又调到分区的保安大队,在无定河西国民党侵犯边境的一次战斗中,他被打坏了一只胳膊。一九四六年二月旧政协决议以后,边区复员过一批战士,他回了家。在村干部的帮助下,他种了几垧地,又用复员费办些零星货,和婆姨一块逢集在街上摆小摊。蒋介石一发动内战,他就要归队;可是他兄弟已经长大,一定要替他去,他就跟石得富去出随军担架。这回野战军上来打榆林,他比谁都高兴,说:"头年解放镇川那阵,'积善堂'一窝子早从镇川跑到榆林了。这回打榆林,看他们又往哪塔跑!"他很惋惜他和石得富从担架队回来迟了,没赶上到榆林前线去。

现在他坐在板凳上吃着烟,说:"从昨儿早起,山上听不见北面炮响了。胡宗南援救榆林,能赶上啦?"

坐在炕沿上的二木匠问老陈:"你在榆林住过,都说榆林不好守,究竟怎个地势?"

老陈拿着他的长烟锅,给众人讲解着榆林城四面沙,三天不进粮,城里大半人家锅里就没甚么可下。他屈起指头数着:南门外有个三义庙和凌霄塔,北门外有个镇北台,东门外有个青云寺。

"这三处一失,榆林就成了死棋子了。"

张明正说:"今儿街上有人嘈嘈,巩家沟尚怀宗说:国民党拿飞机往那里运粮。"

"远水不解近渴!"二木匠大声嚷,"你不要听他那号话。四月里胡宗南占绥德,不是说:'天上飞机嗡隆隆响,洋面撂到飞机场'吗?他们占了三天,不是夹起尾巴跑了?"

老陈则慎重地说:"果真他们拿飞机运粮,城里就能多支仗几天等援兵哩!"

于是众人又拉谈胡宗南增援榆林的可能性,显然这已经变成眼前的中心问题了。

二木匠是沙家店村里唯一见过毛主席的人,他声言他对这个问题有信心。自从共产党中央到了延安,他每年正月出门腊月回家,在延安做木活。开群众大会时,他不止一次挤在人山人海里听过毛主席讲话。今年敌人进攻延安,三月十三号大轰炸以后的黑夜他才离开。他到青化砭西面住在移民到那里种地的他哥哥家里,不想回老家来。敌人占了延安,青化砭战斗以后,又占了瓦窑堡、清涧和延长、延川。他听说毛主席的计划是要在运动中消灭敌人,这就是说短时间收复延安没可能了，他才回来。

"这个咱们放心，"他嚷说，"毛主席计划可大，没把握他不冒做。不管榆林拿下来拿不下来，不能叫敌人把咱们整住。"

众人都相信。只是议论着敌人会从南顺咸榆公路上来呢，还是从西沿长城过来呢？老陈分析："要是从西过来不要紧，那是光援救榆林；要是像上回进攻绥德一样，一古脑从南涌上来，那敌人还是想和野战军拼一下的意思……"

说话中，院里响起了脚步声。众人以为是石得富，仔细一听，却是石永公的走步。他一进门就连忙满窑看，然后才放心地说：

"我当成我又来迟了，他们也没来哩……"说着脱了鞋上炕，先占个座位。

二木匠疑惑地说："得富和区上的人怎弄的？叫我们早些来，他们至这阵怎还不来？"

"石得富？"张明正鬼里鬼气笑笑，又不说了。

众人听出张明正的意思，是说石得富又和银凤幽会去了。都知道石永公每当有群众在他面前拉谈起石得富这事，就不知说甚话是好。这回他却畅畅快快说：

"得富我碰见来，给乡长回家寻枪去了。他要在粮站上工作，枪他拿着没用……"

二木匠顺口说："得富这后生当了模范回来，说话行动和以前可大不同了！"

"经一事长一智，"老陈斯文地说，"可惜旧前家贫，揽工身忙，他连冬学也没念过。这几年当民兵，这里靠边界，他黑夜还东跑西奔巡查，识字班也没好好上。不多识字，出息就慢。永凯，你们担架队上的排长究竟有多大责任？"

疤虎说："一排六副担架，一副担架六个人，六六三十六……"

"我是问当那么个排长管些甚么事？"

44

"啊呀,"疤虎笑说,"比部队的排长还难当!住房子、吃饭、分配任务……总是我们起身的时光,区上分配六乡的那个人弄不成,过志丹到曲子的森山时,部队的同志叫换成他的……"

老陈点头:"好后生,先前没看出他是这么个人。"

"年轻人勤快,"石永公见众人都夸奖,他高兴地说,"得富心眼灵动,胆头又大,要不是得贵参军去,他去更出息。"

众人认为敌人行动起来,形势一紧,恐怕石得富在这粮站上不能时长。老陈问石永公:

"你那肚疼病怎么着?近时犯来没?这回就要看你撑台哩。"

"嗯,"石永公没信心地说,"病是没犯,就怕弄不好。可是人都上了前线,区干部又要下乡,咱能说二句话哩?众人齐心协力办吧……"

老陈和二木匠都说:"不要紧,看看区上怎说,咱们再商量怎办。"

拉谈着,大门进来好几个人。只听见区委书记和乡长的说话声。他们进了窑,石得富随后进来了。众人有站起的,给区委书记和乡长让座位。乡长问区委书记:

"那么再没甚么事,我就走了。这村里的干部要搞粮站,这回乡上开会不用来了吧?"

"对,"金树旺说,最后叮咛,"不要一下说得太紧张,我们只是反对麻痹。野战军打榆林,群众情绪正高,防备敌人猛一上米,容易上谣言的当。眼下,组织送粮还是中心。"

"明白了,"乡长说,又一次提出,"真正紧张了,得富还要搞民兵工作哩!"

"这还不能定,"金树旺说,"要看情况发展,看粮站办到甚么时候再说……"

石得富追到门口给乡长安咐:"不要紧,你们乡政府在巩家沟,千万要注意尚怀宗造谣。"

乡长背着石得富背过的那杆枪走了。金树旺叫全窑的人都坐定,他也在炕沿上坐下来。张明正从院里火炉子上提进来水壶,给区委书记倒起一碗水。有一霎时,窑里都不说话,显出一种严肃的沉寂。金树旺也不喝水,只含笑看看众人。吃晚饭时候,他和区干部谈了谈这里每一个人的情形,交换了一下意见。他本想要区委组织科长和区署行政助理员一块来的,可是他们整天劳累,晌午也没歇,就让他们休息去了。

众人全望着区委书记,等待他开言。石得富说:"夜不长,咱们就拉谈吧。"

"好嘛。"金树旺呷了两口烫热的开水,放下碗笑说,"我想大家已经知道是甚么事了?都愿意吧?"

众人齐声说:"知道了。不愿意的话就不来。"

"好,"金树旺满意地笑笑,提起每一个群众的名字说,"老陈先生已经六十来回的人了,石永义担任村里的行政主任,石永凯刚从前线回来,张明正也是合作社的人;可是我们为了配合野战军消灭敌人,只好把所有的力量都动员起来。希望大家和这两个党员一块,把这个粮站搞好……"

"人家上火线,我们在后方还有甚说头?"二木匠首先大声表明态度。

老陈听得金树旺称他先生,对新来的区委书记这种谦逊很是不安。他说:"打蒋介石胡宗南,不分党员不党员。区上怎个意思,金书记就说吧。我们有多少力出多少力。"

于是金树旺开始高兴地给大家介绍:粮站分两部分,一部分是粮食,另一部分是干草。粮食是主要的,出入数目多,手续繁杂;米麦倒容易,马料(高粱黑豆和豌豆)一色折合成粗粮票,很麻烦。干草只分谷草和麦草两样,部队上规定牲口喂三分之一谷草,三分之二麦

草;草票只有一种,二斤麦草折一斤谷草,很简单。他说:

"这几天因为是区干部自己搞,粮草混在一块。现时你们搞,区上大家觉着分开来,草站搬到合作社,办事和防空都方便。你们觉得怎么样?"

众人都说要是人手配置得开,这么着最好。

金树旺把区上商量的意见都谈出来,说:

石得富负责粮站,石永公管粮账,疤虎过斗,把草站干脆委托给合作社,由老陈和张明正负完全责任,二木匠还有村里的工作,只帮助着点就行了。他说明石得富在前方那么困难的条件下能领导好一排担架队,领导一个粮站也没甚问题。石永公肚里有病,一切杂务事不要动手,光管账目和手续。

石永公对金树旺说:

"这个办法倒是好,可是粮站的账续我这本领拿得下来吗?"

二木匠大声嚷着:"春上清算地主的那一大堆果实账你能弄清楚,这粮账你弄不清楚吗?"

石永公说:"果实账样样多,数目少嘛。算盘上我可是不行哇!"

"算盘有甚?"老陈笑说,"数目再多,又用不着归除!加减法我知道你会。结账时,我上手帮你打算盘。"

石永公再不好推,只张着口啊啊作难。

金树旺提醒他:"你要知道,你是个共产党员!"

石永公只好说:"那么老陈,你先管上几天,我跟你学 学,到那时你再照顾合作社去……"

众人都笑说:"永公这人实在心细。"

"小心没大差,"老陈同意,"这么着,得富和永义、明正三个人先办草站,等以后得富再上去换我。"

石得富对二木匠说:"你除过村里的工作,两面帮助好了,哪面紧忙你到哪面……"

"行!"二木匠大声痛快地说,"反正我腿长,多跑几步也磨不完!"

众人全哈哈笑了。金树旺不明白,老陈把故事说给新来的区委书记听:春上二木匠从延安回来,村里开会把石永公的行政主任换给他。他婆姨说:"你办那个工作?不要看你汉大,能把你的腿磨完!"他说:"磨不完,磨上一尺还比你高!"金树旺听了也哈哈笑了。二木匠在区委书记面前,有点不好意思地抿着嘴笑。

金树旺很满意,告诉大家明天上午各人把家里和合作社安贴一下,下午就接手工作。说罢众人就散了,老陈对石得富说:

"你妈叫人家说我们陈家坡的那桩亲事,你究竟是怎个意思?我听那塔来送粮的说,听说你回来了,媒人三两天里头要来。你要是没一点意思,就不要叫人家白跑腿。"

众人一听还是这层事,都站住看石得富。

石得富断然地对老陈说:

"明前晌有送粮的来,你就给媒人捎个口信,叫不要来。你看眼下打仗,哪里有空儿拉谈这层事?"

说着,就和众人一块出门。老陈也出去送区委书记。

一群人出了大门。夜色苍茫中,斜对过的老刘饭铺门口,站着一个背着枪拉着马的战士。老刘正在指手画脚告诉他到区上怎么走。看见合作社出来了很多人,老刘就说:

"好哩,好哩。区委书记来了,你跟他一块上去吧。"说着就朝合作社这面喊叫,"堡里来的同志给区上送信。"

金树旺连忙快步走来,心里想:"莫非敌人就行动开了吗?"到跟前,金树旺就朝骑兵通信员要了信,进老刘饭铺在灯上去看。众人都跟着挤进小石板房的脚地。金树旺拆开信,轻声念道:兹有榆林外围战斗的一批伤员,明天(八月十日)上午经过沙家店转往后方医院,你区应在该村设立水站,如能发动当地群众,拿些鸡蛋水果之类慰劳一下,更好。特此通知,万勿延误……金树旺拿信离灯光更近点一看,后边的长形印记是:绥德分区支前委员会。"上头情况怎么样?"金树旺反转来问通信员。

通信员说:"外围据点昨儿就搞光了,只剩下一个响水堡,今后晌也给咱们分区的警备四、六两团拿下来了。"

众人听了兴奋地齐声问:"甚时攻城?"

"那我怎晓得?"通信员笑了笑,对金树旺说,"同志,写个收条,我还要走。"

"好,我们马上一块到区上拿,"金树旺转向众人,"你们看这水站怎搞?"

二木匠说:"这个好办。这阵人都睡了,明早我叫兰英她们商量得办吧。我帮助她们。"

第 六 章

　　早起天刚明，沙家店各家的妇女都起来搂柴生火。二木匠洪钟一般的嗓音，在拐渠的山坡上吼叫了。自从接手行政主任以来，他一吼叫，全村每一家都在注意倾听；因为他不管叫谁，多半是有了公事。沙家店的妇女主任，两条辫子的石兰英刚刚搂回柴去预备生火，听见是吼她，就跑出大门来了。

　　银凤家和兰英家只隔两个院住。她已经生着了火，正在拉风箱的时候，听见行政主任吼叫兰英。她心里想：这么早就叫，一准有紧事，撂下拨火棍就走。她到院里，碰见她娘没奈何地说她："脱笼头的野马驹！人家叫兰英，你急急忙忙跑去做甚？有你的事人家还不叫你？"可是她连头也不回，一气出了大门。头一黑夜在院里吃饭，兰英把石得富捎来的话悄悄告诉了她。她喜得半夜没睡着觉，盘算着她一定听石得富的话。不管情况会怎么变化，她要跟兰英坚持办好工作……

　　"昨黑夜堡里来了公文，"二木匠站在坡上说，"今前晌过榆林前线下来的伤兵。咱村办个水站，给担架队烧开水。还要发动些鸡蛋啦、果子啦，慰劳伤兵们。几个村干部都忙安帖家里，后晌要接办粮草站。看你们妇女里头再找谁们，一块办一下吧。忙不过来的话，我帮助你们……"

　　兰英问："伤兵甚时来？"

　　"堡里到这塔三十来里地，约莫着总得过了半前晌……"

"来及啦，"兰英说，"你上来，我叫银凤过来咱商量。"

"不用叫了，那不是她哩？"

兰英扭头一看，银凤用手理着披散的短发，拍打着沾在衣襟上的麦根柴禾，就站在她背后。

当下兰英和银凤商量，提出几个没娃娃拖累的妇女和她们一块办水站。二木匠要先通知各家户预备慰劳品，就说：她们先和那几个妇女联络好，吃过早饭以后，烧水的烧水，借碗的借碗，收慰劳品的收慰劳品。他说伤兵们到了以后，大约要在沟滩上那片树林里歇。他将给她们担烧好的水。

"你们里头谁做甚么，自己商量去吧。"

"行哩，"兰英同意，"只怕这村里果树少，都给些鸡蛋。再说伤兵多的话，咱们的东西少了，分不过来呀？……"

银凤提醒说："郝家隘村子在山上，果树可多。"

兰英问行政主任："区上打早出通知，叫这个乡的几个村都收慰劳品，能赶上吗？"

二木匠笑说："你们这些女子们可真细心啊！我们昨黑夜急急忙忙，谁也没想起。好吧，你们只管预备你们的，我到区上去一回。"

说罢刚要走，区秘书尚生光过来了。他一边走，一边伸出手里拿的一封信，朝二木匠说：

"快派人把这封信送到巩家沟乡政府去。是动员慰劳品的事，可不能闪误！"

"这就对了，"二木匠接住信，朝两个女子说，"只管办你们的好了。区上谋虑得周到。"

两个女子十分满意。尚生光提醒她们："各村的慰劳品不准都能赶上。伤兵也不准都能一齐到。金书记叫分送慰劳品的时光，先和带伤兵的负责人商量一下，有计划些。"

"明白了。"两个女子同声答应。尚生光又特意看了招惹议论的银凤一眼,回区上去了。

二木匠一道渠吼叫着各家预备慰劳品,然后去找送信的人。兰英和银凤各回了各家,告诉她们的娘做早饭,她们开始分头联络办水站的人了。

这兰英和银凤是沙家店妇女里头最活跃的两个积极分子。兰英比银凤大两岁,没有出嫁是因为她的女婿——马家塬一家贫农的第三小子马金宝——在他十七岁的那年就参了军。他开始是在本县驻防的警备一团,一团调到三边不久,扩编成警备三旅。这警备旅早已经升了主力,而那个比石得富大两岁的马金宝,也早由战士、班长、排长,被提拔成野战军的连长了。马连长八年没回过家,在参军的前一年,家里给他订亲的这个兰英,现在已经是大闺女了。兰英家里在她十七八岁以后,不止一次催过这桩亲事;可是远在宁夏盐池县的马金宝每次家信,都说不能回来娶媳妇。直至一九四六年,马金宝的一封家信说他升了连长,兰英家里就开始怀疑这门亲事要拉倒了;因为女婿越来越进步,往后很有可能不要家里给他说的这个乡下女子了。秋后部队到过横山地区,镇川堡解放以后,兰英亲自找到部队上去看了女婿一回,虽然有人笑说实际是为了给女婿看她,这旧式婚姻一下子就完全变成新式的了。马连长很喜欢她。原来兰英为了追赶女婿的进步,虽然她岁数很像学生娃的先生,也在沙家店小学里念二年级了。她当着村里的妇女主任,工作特别积极,入党也有一年多了。两个谈到婚事,马连长要她自己决定:要是不愿等他,可以另找对象;要是愿意,要等到消灭完反动派,他说反动派的寿命不长了。兰英高高兴兴从无定河西的部队回到沙家店时,她已经照文工团女同志的样子结起了两条小辫。人们甚至议论,她走步好像也和旧前不一样了。这以后马连长就直接给她写起了信。她的这种大胆坚决的做法,被所有的妇女们惊叹和景仰,而对于银凤则更是一种鼓励了。不管她娘老子怎么说石得富不能比马连长，她也不能比兰英，她总是听兰英的话，跟着兰英跑。虽然有人造谣说她和得富这么那么，弄得兰英介绍她入党，在小组会上就因为石永公们的反对没通过，她也不灰心。她相信兰英姐姐的话，谁是谁非总有水落石出的时光！

她两个这早起联络好办水站的六个妇女，吃罢早饭就在兰英家里聚齐了。众人商量：一个人烧水，两个人借碗，三个人分头收慰劳品。兰英她娘笑她们忙乱的样子，满不想鸡蛋要煮熟，人家伤兵才好吃，拿着也方便。

老婆婆说："我替你们烧水，你们都预备旁的去吧。"

这么一来，就是四个人收慰劳品了。兰英叫借碗的先走，收慰劳品的分一下地段。银凤却又提出旁的几个村数郝家隘远，果树虽多，不一定能赶上。她家春上分得"积善堂"财主的地里有两卜果树，这几天过民工运粮队，她娘已经给贩果子的卖了一些，可是还剩着不少。她已经叫她娘摘去了，只恐怕她舍不得多摘。

"你们几个收慰劳品，我给咱们到对面山上摘一筐去。"

众妇女都说："收齐了再看吧，也许郝家隘的能赶上哩……"

"收齐了再看，"兰英也说，"咱们先紧后松，不要闪得误了正事。"

银凤只好作罢，等分配好各人的地段，提着一个小筐分头去收集慰劳品。

约莫过了庄户人吃一顿饭的时光，兰英她娘已经烧开了一大锅水，锅边上冒着汽。两个借碗的已经借来了几十个碗，正在往一个筐子里合并。收慰劳品的一个一个提回来许多鸡蛋，凑在一簇竟有四五百，摆了半炕。各人谈叙着自己所见到人们拥军的热情，只可惜有果树的只两三家，收来的果子总共还不到一百颗。大家担心要是郝家隘的赶不上，而伤兵又有百十号人的话，每人连一颗也分不到。兰英叫众人不用急，等银凤回来。银凤最后回来，但兴致最高。她鼓动婆姨们拿出比准备"拥护"的更多,因此她收集的鸡蛋几乎赶上旁人的两倍。她一听她娘只送来二十来颗苹果,就皱起了眉头。众妇女们七嘴八舌说她:

"你不要那么着,几家还数你家给的多。"

"咱村里苹果缺,这阵又是新熟的鲜物……"

"怎么着也要众人家凑,分不过来也不能全仗一家两家呀!"

银凤头一扭说:"你们尽说些甚?人家在前线舍上命打敌人,流了血的呀!咱们扯旗放炮慰劳人家一回,给人家一人一颗果子,有甚意思?兰英,叫她们煮鸡蛋,咱两个上山摘去!"

众妇女说:"一定要摘,就拿收来的鸡蛋换。"

"使得啦,"兰英她娘说银凤,"你不能拿自己比。你娘不是不拥护,她是个过日子人,穷怕了的,一根针到自己手里也爱惜……"

银凤掉转脸说:"大婶子,咱们一道街上住,早不见晚见。你说我家从李家湾搬到沙家店来那阵有甚?安种财主家的庄稼,头顶主家的天,脚踩主家的地,说句话要看主家的脸。这阵窑也有了,地也有了,是指自己的劳苦挣来的?我盘算这卜苹果全慰劳了军队,能值几个钱?兰英,时光不早了,咱快走吧。"

她说得一个个只管钦佩地望着她。兰英开始时还觉着她娘说的有道理,听了银凤这一番今昔对比的话,一把抓起一个盛过鸡蛋的筐子就走。

"你们快煮鸡蛋,我们一忽就下来了。"

兰英她娘叫兰英给银凤她娘说一声再去。银凤在门外说没工夫,两个就奔出了大门。

她们风快上了山,到树底下时,胸脯一起一伏地喘着气。抬头一看,这卜苹果站在地上能够着的,已经摘得没一颗了,她们必须上树。

"我上去,"银凤说,"你站在地下张开襟子接。"

兰英说:"你拿稳些,不要慌慌忙忙栽下来了。"

银凤活像个愣小子,三攀两攀上了树,扯住树枝就摘起来。兰英在下面接着,陆续往筐子里放着。没想到大沟对面山坡上,银凤她爸在锄地。他大约看见地上站的不像他老婆伛偻的身影,以为有人竟敢在光天化日之下偷苹果,而他自己真正像俗话说的"卖鞋的赤脚跑",为了变卖成几个活钱使唤,始终没舍得尝尝那苹果是甚味。他停住锄,仔细瞅了又瞅,终于忍不住隔沟呐喊起来了。

"唔——,摘苹果的是谁呀?唔——,谁在那塔摘苹果啦?"

兰英说:"银凤,答应一声吧。"

"他又不是不晓得咱边区早就没偷人的了?"银凤只管她摘着,两腿使劲蹬着树枝,防备跌下来,脸上渗出一颗颗的汗珠。

"唔——,摘苹果的是谁呀?不出声我可是破口啦!"

兰英忍不住笑:"银凤,快答应一声吧。"

银凤停住手,聚着全身的劲,大声吼叫:"爸爸,是我哇——"

兰英看见银凤她爸还站着望了一阵,重新弯下腰锄地去了。两个又摘起来。摘了五十来颗,兰英说行了,银凤还要摘。直至摘平了两小筐,约有百十来颗,兰英看见巩家沟沟里好像进来了担架,银凤才下了树。要不是伤兵已经来了,她还要使两个小筐满得尖起来。

因为等着沿路的民工运粮队让路,前沟里的担架走得很慢。兰英和银凤用手把了脚踪,才提着苹果下村。她们刚下到半山坡,银凤她娘拿着耙子上来了;是兰英她娘告诉她的。

"李大婶,"兰英连忙赔笑,"我们怕误事,没给你说。我们拿收的鸡蛋换……"

"摘了就算了,换甚么?"银凤她娘怕惹人笑话,尽量显着不在乎。可是她眼皮扑扇扑扇打量着那两小筐大红苹果。走过身边,银凤裤子的半腿上竟给树枝挂破一绽,露出少女白嫩的肉皮来,被她娘看见,就再也捺不住气了,"你是个疯子!那是今年才缝的新裤!下去缀上几针再往沟里跑!十八九的女子,满不要脸!"

"噢！"银凤乖乖答应了一声。她低头看看扯破的裤子,向兰英不好意思地伸了伸舌头。

兰英和银凤返回时,鸡蛋已经煮好,在凉水盆里泡着。几个妇女正在往小筐里拾掇。四行政村石家圪崂的慰劳品送来了。还是鸡蛋多,果子也只几十颗。担架队里来了个部队同志打前站,找行政主任。二木匠领着他上来,顺便挑来一副大木桶,兰英她娘就用葫芦水瓢舀着她烧好的水。那个打前站的同志一看,非常满意,先下大沟招呼担架停歇去了。兰英和银凤把两小筐苹果往炕边上咚一放,众妇女都眉笑眼开望着银凤。

二木匠奇怪地问:"你们哪塔收得这么多苹果?啊?"

"银凤一家就慰劳这么多,"妇女们说,"你不晓得她们正月分的地里有卜果树?"

"噢——"二木匠明白了,问银凤,"这女子,你和谁比赛模范哩!"

他一说,银凤脸刷地红了。"说话的无意,听话的有心",在场的妇女谁都知道二木匠失口把银凤和石得富联系起来了。拾掇鸡蛋的众妇女用眼睛责备他,他怪不好意思。兰英纫好线,来给银凤缀裤子的破绽。兰英她娘说二木匠:

"看你在延安府几年,学得那片嘴!都现成了,快往下担你的水!"

"哎!听马连长的丈母指挥!"二木匠想打破尴尬,开个玩笑就拿担子去挑水。可是他突然又惊怪起来,"噫!这水怎么是这色道?"

兰英她娘厉声说:"挑上走你的!我为天气热,抬担架的上火,下了一升绿豆。绿豆是败火的,你大惊小怪做甚?"

"啊——"二木匠还是大张口惊叹,"我看得富这回开了头儿,咱沙家店往后不知要出多少模范哩!"

"走吧,走吧!"兰英给银凤缀着裤子,掉转头说,"你把水担下去,叫担架队的人先喝。我们马快就来。"

二木匠手里提着一筐碗,挑起一担绿豆汤走了。

众妇女也不知道兰英她娘甚时往锅里下的绿豆,等二木匠走后,她们才拾掇着鸡蛋和她耍笑,说她操这份心,不愧是马连长的好丈母娘。

"女婿顶半个儿,马连长晓得了一定高兴……"

兰英她娘骄矜地笑笑:"你们只管说吧!我和银凤她娘不一样。越放光明正大,越不怕人笑话。银凤,你看大婶的话对吗?"

"大婶!"银凤掉过脸来,难为情地不让说下去。

"拾掇好了咱们走吧,"兰英给银凤缀好了裤子,扯断了线头。

六个妇女有的提着鸡蛋,有的提着果子,呼呼啦啦下大沟慰劳伤兵去了。

沟滩上的树林子跟前簇拥着一群一伙看伤兵的人。先到沙家店的担架横横直直摆在树荫底下的草地上。伤兵们在头部、胳膊上或腿部裹着白净的绷带,躺在担架上和慰问的老乡们说话。有些重伤号一句话不说,忍着疼痛。担架队员们有的给伤兵舀绿豆汤,有的给重伤号喂,其余的自己蹲在那里喝着。打前站来的那个部队同志在树林子的南头,指挥着从岔道上新来的担架停放。兰英和银凤们几个一到跟前,只听见一片担架队和老乡们拉话的嘈杂声。

这边问:"这回消灭了多少敌人?"

"不行啊,敌人一见野战军上来,挣命往榆林城里跑。跑不及的都收拾了,也不知道俘虏有多少……"

那边问:"咱的野战军到城跟前了没?"

"围上榆林就两天了。正准备攻城。我们往下走的时光,沿路净是往上运粮的,搬云梯的……"

人们到处喊喊喳喳拉谈。这个说："旧前敌人瞧不起警备四、六团,把他们围在一个碉堡里,喊话叫他们投降,他们还说打上两炮就投降。这回大炮上去了,看他们再说甚?"那个说:"胡宗南援兵来慢一点,他们莫说钻到榆林城里,就是钻到老鼠窟窿里也不济事了。"

兰英和银凤打听着带担架的负责人在哪里,一个背着红十字皮挂包的同志转转弯弯来到她们跟前。

那同志看见一筐筐雪白的鸡蛋和鲜红的苹果,喜得大张着嘴笑。担架队员们议论着这是到老边区的头一站,老百姓究竟比镇川堡以上的新区有组织。那同志问了问慰劳品的数目,告诉妇女们这批一百零三个伤兵,是榆林南线下来的,西线无定河以西的一批,明天才能下来。兰英和银凤说正好,巩家沟和郝家隘的慰劳品留给明天。当下二木匠帮她们算好每人能分多少鸡蛋和苹果,六个妇女就开始分三帮慰劳了。一帮两人:一个提着小筐,另一个给伤兵们递。

伤兵们见她们到自己跟前,不顾疼痛支起上身用手接。她们连忙叫他们不要动,温存地把鸡蛋和苹果放在他们担架上的枕头旁边。伤兵们感激地点头,有一个睡在担架上却行举手礼;重伤号不能用动作感谢人民的亲爱,他们用眼睛表达,个别感动得甚至淌眼泪……

金树旺来了,一群老乡围上他去,向他报告野战军包围榆林已经两天,正在准备攻城的消息。背红十字挂包的同志看见他像个领导人,过来和他拉话;知道了他是区委书记,就称赞这个水站在仓促中竟然准备得这样周到。

"太好了,"那同志说,"我们完全没想到每个伤号能分到三颗苹果。咱们部队没有水壶的装备,到路上水果好解渴……"

金树旺谦虚地笑笑,说:"这都是群众的力量。"见二木匠又挑来一担绿豆汤放下,金树旺问:"永义,郝家隘的苹果赶上了?"

"没，"二木匠擦着汗说，把银凤摘苹果慰劳伤兵的热情，有声有色地说了一遍。

金树旺看见银凤在树林子的西头给伤兵送慰劳品，赞赏说："这女子很前进。"

背红十字挂包的同志问哪一个是她，二木匠把这当做全沙家店的光荣，指着说：

"你看，那塔，正给一个伤兵枕头旁边放苹果的那个……"

"看见了，"那同志说，向金树旺提议，"这种拥军的模范例子应该登报。"

金树旺笑笑，心里想：登报？脑筋里有些封建残余思想的同志还说她不正派哩。他只问：

"野战军包围榆林以后，胡宗南的主力有甚么动静？"

"三十六师在靖边一带，恐怕是首先要过来的。"那同志说着，看见左近的老百姓都注意听着，他把嘴对准金树旺的耳朵，"咱们有主力部队到横山以西狙击去了。"然后又恢复了原状，大声说，"来了就打。上级当然有一定的计划……"

金树旺一看那同志的神气，想着葛专员路过时谈的话，估计是部署围城打援。他又问："南线呢？"

"还没听说甚么……"

不知甚么时光，在背后的人丛里早已站着石得富和石永公两个，静听金树旺和那同志拉谈。他们因为从后晌起要接办粮草站，回又一回地往地里送粪，免得以后他们顾不了家，茅坑满了婆姨们没法办。他们各人从山里下来，大约也想来听点前线上的消息。

金树旺转身问："你们安帖得怎么样？曹区长回来了，区上都赞成昨黑夜众人商量好的意见。你们吃过晌午饭就上来接办。"

两个人都说："误不了事。"

过了一阵，那个背红十字挂包的同志嘟嘟吹了几声哨子，喊叫担架队注意。他宣布了下一次休息的地点,就叫按照原来的顺序,先来的先走。兰英和银凤她们已经发完了慰劳品,提着空筐子转来了,站在围看的人群中。区委书记带头,人群中爆发了鼓掌声,欢送路过的伤员。

第　七　章

　　西北野战军各路在八月五号进至榆林前线。六号拂晓，东起神府分区秃尾河中间的高家堡，西至无定河与长城相交处的响水堡，解放军发动了全线进攻。经过两昼夜的扫荡战，消灭了国民党军二十二军两个团，胡匪三十六师二十八旅（头一年镇川堡解放以后空运去的）两个营，以及几乎全部榆林、横山、神木、府谷四县的反革命地方武装。八号早晨，就是葛专员路过沙家店的前一天早晨，各路野战军进至榆林城郊，开始准备攻城，同时派了野战军的一部和绥德分区警备四、六两团，在横山以西狙击靖边东北的三十六师。

　　三十六师奉到胡宗南"增援榆林"的命令，怕在中途受到打击，竟然绕出长城，在荒无人烟的塞外沙漠上奔来。他们白日拼命赶路，黑夜在沙滩上露营，人吃的东西全靠飞机给他们空投。最后一天黄昏，离榆林还有六七十里，胡匪又命令"连夜赶到"。这一夜牲口因为几天没草料拖不动了，辎重弹药卸下来强迫士兵们分开背起赶。这时野战军一来因为沙漠上粮食运输困难，大部队不能到长城外边作战，二来因为胡匪的增援比估计的快，攻城准备不够，十三号早晨撤了围，放三十六师进榆林，另做消灭它的准备。

　　沙家店等待着榆林前线胜利消息的人们，在十三号前晌见从乌龙铺往镇川堡运粮的民工不过了，好多人还以为是榆林解放了，野战军要南下或者西进。石得富怀疑：十一号以后再没过成批的伤兵，榆林虽说难守，进攻起来也不能没有伤亡。老陈同意这个看法，疤虎却想起在陇东环县包围住马鸿逵八十一师的战斗：敌人可能丢掉所有的重武器、大行李和辎重弹药，趁十二号的黑夜（阴历六月二十六，没月亮）冲出去朝口外跑了。二木匠则根据敌人虽有飞机空投也在绥德站不住脚的事实，说榆林很可能不是打开的，而是困开的；究竟是跑掉了还是投降了，到后晌打听从堡里过来的人就能知道个大概。这么一说，石永公又想起头一年镇川堡解放时，二十二军新十一旅和陕西保安第九团的起义，他早就听说榆林的国民党和胡宗南不同，不是蒋介石的嫡系，因此上他认为起义也不是没可能。一人一个说法，各有道理，信心都满高。

违反了人们热切的愿望，捱到晌午，县上关于南线敌人进攻绥德的紧急通知，和立即进行备战动员的指示就送到沙家店区上来了。

原来董钊和刘戡率领一军和二十九军的一师、九十师、十二旅、五十五旅、一四四旅共七个旅的兵力，分路猛进，限定十五号在绥德会合。董匪十二号已进至大理河上的石湾镇，刘匪走第一次侵占绥德的老路蜂拥北上。两股匪军沿路在地面洗劫了他们经过的一切村庄，空中则由美国陈纳德航空队供应，气焰万丈，不可一世，把这当成占领延安以来消灭我军，或把我军挤过黄河的最好机会。

不管榆林方面的情况究竟怎样，沙家店人的注意力都从北线转向南线了。出乎他们意料之外，胡匪军一反先前小心谨慎拔慢步的前进，竟像春天的黄风一样卷来了。虽然如此，他们因为事先有了精神准备，并不怎么慌张。而且从停止向镇川堡那面运粮看来，他们一致认为野战军很快就会下去，趁敌人疯狂前进的机会，狠狠地消灭敌人一大股；而沙家店区可能又变成野战军在南线作战的后方。粮草站的人晌午在区上喝绿豆汤，兰英和银凤们几个妇女积极分子，也跑到区上来打听情况。区秘书尚生光告诉了她们，石得富说：

"敌人越发疯，给咱们消灭的机会越多。你们叫妇女们不要惊慌，有毛主席在咱陕北，没甚么怕头！"

尚生光一连写了六封信,交二木匠派人送到各乡,要区干部火速回来讨论县上的备战指示。二木匠满村跑来跑去,一晌午只找到四个能送紧信的人。剩下两封近的,兰英和银凤两个送去了。

粮草站后晌照常工作,等待着北线的消息,看野战军怎么行动。

半后晌,金树旺和曹安本一回来就拿起县上的通知和指示,一封一封看着。其中有绥德地委根据西北局原先指示的精神发来的关于新形势的油印指示,米脂县委根据上级指示作出关于迎接战斗的各项具体任务的布置,县政府财粮科关于各区游击队供给办法的规定,保安科关于锄奸保卫工作的安排,建设科关于合作社疏散和坚壁物资的通知……等等一大堆。

战争的空气严重地笼罩来了。

"干!"曹安本壮大的手掌在桌子上一拍,"胡宗南好大的狗胆!组织游击队,配合野战军和他干!"

金树旺总是不慌不忙,说:"不要太激动,太激动了容易出岔子。这回的任务很多,等干部们回来,咱们要好好讨论一下。"

他把布置下来的工作归纳成三大任务:首先是向群众宣传军事形势的变化对我们消灭敌人的战略有利,防止反动地主造谣。其次是发动群众坚壁清野和准备老幼妇女临时躲避敌人的崖窑或地洞。最后以党员和民兵为骨干,组织一个全区性的游击队,指示信上说这是做好一切工作的关键。这个游击队的任务:首先是掩护乡村党员干部领导群众,给群众壮胆;其次是镇压反革命分子;最后是当主力歼灭或击溃敌人以后,围捕逃散的胡匪军,"捉惊兔"。县委决定:区长兼游击队长,区委书记兼政治指导员,除非被敌人完全挤满,干部必须做到区不离本区,乡不离本乡,坚持工作。

"我们这个区比旁的区多个粮站,"金树旺拿着指示信说,"北线的情况又闹不清楚,县上只说疏散高家洼仓库的粮食,不提这里。这里堆着一百几十石粮食哩呀!"

曹安本说:"真是倒霉!这个粮站这回算把咱治住了!县干部分配到各区加强领导,信上说县委组织部长到咱区,谁知道他甚时能来?这粮站不能定怎办?石得富也要到游击队才合适。写上封信,派人送到堡里,问问葛专员好不好?"

"好。"金树旺同意,马上叫尚生光去叫二木匠来。他自己开始写信。

信刚写好,二木匠也来了。他再找不到送信的人,而且他也很想到镇川去看看榆林那面究竟是怎么回事。他的腿长,要是很快能找到葛专员,他保证赶二更天以前返回。

"你们放心,误不了事。"把信揣到兜里,跷开长腿就走了。

日头落山的时光,区干部们陆续都回来了。粮草站的人除过张明正在合作社看门,也都到区上来吃黑夜饭。村里还有很多人来打探情况。霎时间区上闹哄哄的,窑里院里尽是人。已经传来令人失望的消息,榆林竟没打开。野战军撤下来了。人们都有些灰心,奇怪野战军围了城好几天,为甚没顶事呢?难道原来完全是吸引胡宗南上来的计策吗?

在院里喊喊喳喳的,一大半是妇女。她们挤在一簇议论着:"男子汉们都上榆林前线去了,要是敌人漫上来怎好呀?"兰英想起她们"拥护"慰劳品的热烈,而榆林却没打开,她不知道该怎么给大家解释。当石得富端着一碗饭从做饭窑里出来,往区公署办公窑里走时,银凤用眼睛给兰英示意。兰英喊住得富,就跑到门台上对他说:

"众人都愁男子汉不在,怕敌人从南面漫上来……"

"你叫她们不要慌,就说……"

"你说一下吧。"

"好。"石得富把筷子交端碗的手指夹住,伸出右手招呼,"众人不要吵哇。"

院里所有的妇女和老汉们都转过身来,望着石得富,看他发表甚

64

么。银凤她爸在老汉们群里,虽不望石得富,却也注意听着。

石得富说:"你们不要慌。县上来信说,估计敌人还得两三天,才能到绥德。你们算一算,绥德到咱这塔又是百几里路。至少还不得两天吗?这四五天的工夫里头,咱们野战军管保布置好了。你们放心,共产党既然有吃刀子的嘴,就有消化刀子的肚子……"

这最后的一句俗话,石得富说得特别得劲儿。众人听他这么细算,全说他分表得在理。银凤在妇女群里一眼盯着石得富,周围的几个妇女眼白眨白眨瞟着她。在另一边,和石得富同院的石永福婆姨问:

"得富,你说不打榆林了,当民工的要回来哩,还是要跟野战军走哩?我们都是些憨婆姨。你再给我们分表一下。"

"是呀!"妇女们又全看石得富,都关心这个事。

石得富笑说:"让随军民工回来,咱的军队吃甚?木匠我二叔拿区上的信到堡里问粮站的事去了。他回来就清楚北线上究竟怎个情况。你们放宽心,野战军在左近比甚也可靠。天黑了,你们都快回做夜饭去吧。"

兰英和银凤招呼着众妇女,三三五五走了。老汉们惋惜着榆林没打开,拉谈着各回家去。石得富端着饭碗,进了区公署办公窑。

所有的区干部都在这窑里。他们回来连饭也顾不上吃,只管听金树旺和曹安本谈论着眼前的形势和任务。石永公端着一碗饭,站在那里听。石得富进去时,保安助理员正在拿县委所布置的"游击队是做好一切工作的关键"做理由,要求调石得富参加游击队的工作。他说野战军的后方机关可能移动,粮站可能结束,石永公领导上二木匠和疤虎能结束得了……

石永公连忙说:"看你说得好容易!老陈又要顾合作社,又要顾草站,一点忙也帮不上了。我有粮站的账续够缠的,二木匠还有村里的工作。这百大几十石粮食,一下子就安帖了?曹区长,要是得富不干了,我也……"石永公说不出口,只是一双小眼睛直眨。

"你这是一种甚么态度?"曹安本严厉地截住他,"你不同意,咱们商量。你在这个时候,敲甚么退堂鼓?"

"我是说,我也负不起这个责任。我又没说连账也不管?"石永公呐呐地辩解。

"他一个是负不起这个责任,过两天再紧张些更不行。"组织科长说,"可是永公,账你可要往到底管哩哇!多少群众都支援前线不在家,你是个党员,一紧张,要是只顾你的家庭,群众可就有意见哩。"

石永公答应:"只要有人负大责,账我死也往到底管。"

"好话!"石得富大声说,"永公,我不是吓你。敌人的大部队上来,双方面一运动开,仗不知在哪塔打。游击队是活动的,粮站可没那么灵便。你有这个决心,咱们才能办到底。"

吃饭的时候,金树旺告诉老陈把粮站的账续,马上全交给石永公管,然后他和张明正兼办草站,清理合作社的物资准备坚壁和转移。曹安本把建设科关于合作社备战的通知给老汉看看。饭后掌灯时光,粮草站的人在一眼窑里办交代,区干部们就在另一眼窑里开会了。

院里突然响起二木匠粗大的嗓音:"金书记和曹区长在哪头窑里?"

"这头窑里啦!"区干部们齐声答应,粮草站的人一听也都跑过来了。

不光二木匠一个,还有合作社主任冯兆喜。他们进来,炕上和脚地的桌子上点着两盏麻油灯开会的窑里,霎时挤满了人。大家都以为冯兆喜能回来,一准是野战军要南下,总粮站不办了。老陈最高兴,因为主任一回来,合作社的大问题就不用他熬煎了。他特别亲热地挤在主任跟前。

二木匠拿腰带揩着头上的汗说:"我刚要出小河沟口到无定河大川,就碰见他。那阵天就黑了。"

众人都问冯兆喜:"北线上怎么弄的?"

冯兆喜卸着他的挂包,二木匠就把路上和他拉谈的、三十六师绕口外沙漠地增援榆林的出奇事说起来。众人才知原来如此,都说:"胡宗南的诡计还不小哇。"石永公和疤虎因为事实和他们的猜测差得太远,眼睛瞪得有烧酒樽子大。二木匠却又说:

"哼!狗日的胡宗南的心可狠毒哩。三十六师还要下来占镇川,和南面的敌人会合哩。"

"真的?"众人问冯兆喜。

"真的。"冯兆喜说,把他的挂包放在方桌上。这是个言谈和行动很稳重的人,不了解的常以为他是拿板弄势,其实这是一种很会计划和管事务的人所有的通性。他放下挂包,从从容容说,"三十六师今后晌两点钟进的榆林,头我起身时前线来的电话,说敌人有一部分就到城南的三岔湾驻下了。"

"离城二十里,"老陈朝众人说,"我走过那地场。"

这么一说,形势比众人估计的严重多了:胡宗南不只是增援榆林,而且要南北夹攻。

金树旺问:"那么咱的野战军呢?"

"打嘛,"冯兆喜却满不在乎地笑笑,"原来就是张开口袋等三十六师进来。而今钻进来了还不打?等它钻深些,扎住口袋,看它往哪跑?"

他说的话和他说话的神气,给众人这样一种印象:好像三十六师覆灭的命运已定,而南线敌人七个旅的兵力简直不算甚么。有人疑惑地提出:原来敌人很远,榆林还没打下来,现时敌人已经风快卷上来要和三十六师会合,野战军来得及消灭它吗?冯兆喜只笑笑,说:

"这个不用咱们担心,毛主席留在咱陕北做甚?"

他的口气显示着:似乎形势并不是想象的那么严重。有人甚至于问野战军准备在甚么地场拾掇三十六师。冯兆喜摇摇头,说他也不知道。金树旺问冯兆喜:

"那么你回来做甚?"

"不是葛专员派你回来办这里的粮站吧?"曹安本猜测。

"不是,"冯兆喜说,"我说也说不明白,郭副县长给你两个写来一封信,你们一看就清楚了。"

他从口袋里掏出信,金树旺连忙拆开,就和曹安本两个凑在灯前看起来。区干部们看见的,看不见的,都挤在跟前看着。其余的人围住冯兆喜,问长问短,他说:

"悄悄让他们看信,完了咱再拉谈。"

金树旺和曹安本看罢信,恍然大悟,连连地点头。

曹安本说:"干吧!你把这个指示给众人谈一下,他们还去办交代,咱们好讨论……"

众人都盯着金树旺,静悄悄等着听。

金树旺手里拿着信,说:"情况和冯主任说的一样,野战军正在部署消灭三十六师,要大家不要惊慌。从乌龙铺往上运粮的路线改变了,并不是不运了。堡里的总粮站准备往镇川县的吴庄区转移。有一部分粮食要运到咱们区的柏树隘一带,郭副县长带着干部今黑夜直端到那塔,冯兆喜绕来送罢信就去……"

"啊啊……"众人都看看冯兆喜,老陈被胡子包围的嘴张了一碗口大。

金树旺进一步说:"我也和他一块去,另外还要去两个区干部,等一会讨论谁去。"

"游击队不搞了?"

"等一等,"金树旺说,"一个问题谈清楚再一个。信上说这个粮站小,容易收拾,维持原状看形势发展再通知。以后怎么办,听支前委员会的指示。老曹,那么正式决定石得富负责管理,石永公负责管账,石永凯帮他们过斗吧?"

曹安本同意说:"还有甚么旁的办法?我原来当成冯主任……"

"闲话不说了,"金树旺又问石得富,"你有甚么意见?"

石得富说:"叫我做甚我做甚,尽我的力就是了。永公,你只把账续给咱弄清楚就对了,出力下苦的事有我和我虎叔两个。"疤虎说:"对!"

金树旺就吩咐:"那么你们就去办交代吧,这塔没你们的事了。"

粮站的人都过那头窑里去了。冯兆喜提了他的挂包也跟去,他要给老陈安顿一下合作社的事情。二木匠到这时才觉得肚饿,找老王吃饭去了。窑里剩下区干部们,等着看游击队的问题怎么办。

金树旺宣读郭副县长信里说到区干部配备的一段:"葛专员已在电话上和县委谈好:曹安本同志兼你区游击队长,刘忠和同志兼政治指导员,在你区大路以南各乡活动。县委组织部长不到你区来了,他到高庙区,曹、刘二同志由他就近领导。至于大路以北各乡的备战工作,则由金树旺等同志附带进行。胜利是有把握的,但斗争是严重的,望你们迅速行动起来吧。"

"而今大家就考虑一下谁两个跟我到柏树隘,好马上准备。"金树旺把信放在桌上。

信里说的刘忠和就是保安助理员。他问曹安本:"区上现在分成两摊了。遇到紧急情况,咱们就要往南和高庙区靠拢了?"

"当然,"曹安本说,"他们主要是做粮食工作。咱们在大路以南,执行县委布置的任务。"

于是刘忠和再一次提出在沙家店粮站结束以后,让石得富去参加游击队的要求。金树旺考虑了一下,为了加强游击队的干部,答应只要情况允许,一定给他们打发去。经过不多一阵的讨论,就决定:组织科长和行政助理员去北乡,宣传科长和自卫军营长去南乡,区秘书留在区上守摊和各方面联络。

因为客观形势的需要，两个负责同志不得不执行不同的任务。曹安本现在竟显得有些难舍。他们要在严重斗争的前夕暂时分开了，曹安本向金树旺征求意见。

金树旺说："我只觉得你……你……怎么说哩。"

"没关系，你就直说吧。"

"就是说对干部的态度上还要注意。干部不是用着了光拿来使唤就算了，要注意培养和教育。革命斗争要可多后起的干部领导群众。想一想你参加革命那时全县有几个干部？现时还只那几个干部的话，咱们怎能领导群众战胜这么强大的敌人哩？"

"对！因此上三六年敌人'围剿'得站不住，现时可不同了……"

"你明白这一点就好了。"金树旺笑笑，指出他在粮站问题上对干部的观点，如何不能适应紧张斗争的要求；又举出他对石得富的看法，是他不重视干部在紧张斗争中新的开展。金树旺说："你要是不注意这一点，你领导游击队要完成县委布置的那许多任务，还会觉得大路以南的三个乡的干部太少，你的工作就展不开了。地委的指示不是说：这回是对我们干部的严重考验吗？我盘算地委的估计是完全正确的。有一部分和平时发展起来的干部，平时看他们还不错，严重的斗争会证明他们是不行的；另一方面，定有很多的英雄、模范人物出现。你要注意这一点，不要光拿平时的主观印象来看人……"

曹安本塑像一样一动不动，眼盯着对面墙上的边区地图，呆痴痴地盘算着。

"噢，"金树旺又想起来，说，"干部有毛病有问题的时候，不要你心里想他们是怎个大约就是怎个。你应该细心地把问题弄清楚，再用很好的态度和他们谈。比方说，今儿我和银凤一路从四乡回来，我看这个女子很觉悟，很正派。石得富和她可能不'马虎'。即便你怀疑，你也应该从各方面调查了解清楚再说。人家没有根据怀疑你男女关系乱,你高兴吗？平时对干部关心些,多拉谈,多在思想上启发他们。他们说错或做错一点甚么,不要直挺挺地凶他们。说句口头话:大家都是为人民服务,不是为哪一个领导者服务。你想想,你有时也同石永公和石得富他们说笑,可是他们总有些怕你。这是为甚哩?"

曹安本沉重地说:"我一定注意。可是石得富和银凤的关系……"

"不要解释了。时光不早,我也要收拾一下,还要和石得富谈几句粮站的事。打完仗咱们到一块再看谁好谁坏吧。"

"好吧……"

第 八 章

目延安撤退五个月以来,无定河和黄河中间的这个黄土丘陵地区还没经过这么大的震动。全体出动的地方党政干部,领导成千上万的大小村庄,掀起了紧急备战的浪潮。同时公家的非战斗机关、学校、银行、贸易公司、工厂以及这个那个单位的家属队,纷纷向黄河边的几个大渡口转移。从十三号起,经过米脂和乌龙铺到葭县的一条大路上,人和牲口白日黑夜就没断过。

十四号半前晌时光,横山和镇川两县的非战斗机关和家属队,经过沙家店和乌龙铺向葭县走了。老百姓常拿公家人的行动判断形势。这些情况给人们造成一种印象:形势是相当紧张了。

这一天,东三区送粮的人大大减少。驻在沙家店区的野战军后方机关,照常来领粮。他们带着部队上的人在任何情况中都满不在乎的样子,向送粮的和本村打探情况的群众解释:公家人转移并不是放弃陕北,而是避免不必要的损失,暂时离开战场。有一个粮秣员站在粮站的门台上,演说一样向群众保证:野战军有把握让胡匪军垮下去的时候比他们冲上来的时候还要快。

镇川堡总粮站在转移。高家洼临时仓库在疏散。这里的粮站照常堆着百大几十石粮食,显然不是一个轻松的责任。石得富这个年轻后生竟敢在这样紧急的时候负起这个责任,沙家店开始有人暗自替石得富担心。银凤她爸甚至说他有股"二杆子"劲儿,哪里有石永公"精"?全村都知道这是老汉不愿银凤嫁他的另一个原因。石得富他娘也叨咕他不自量力,可是她管不了儿子有甚么办法呢?

石得富知道形势会越来越紧,搁在他肩膀上的担子不轻。可是他能说一句孬话吗?自从十八岁上在巩家沟地主尚怀宗家里揽工的那年入党,七年的时间过去了。在雷声不断的夏天黑夜,或者在风雪交加的冬天白日,不管党里头叫他做甚么去,从他的嘴里没说出过半个"不"字。现在上自毛主席下至全边区的每一个群众,都为消灭敌人而奋斗的时光,他能想跟着曹区长他们打游击比这里轻松吗?

公家人纷纷向黄河边转移的消息,使石永公显得有些不安。石得富发现每一回送粮的来,他都不由得打探东面和南面有甚么新的动静。石得富劝他说:

"你知道个大概就行了!你再打探还是那些情形。操心账写错,操心把条据给人家开错。"

"打探做球!"疤虎一边盘粮,一边粗鲁地骂石永公。石得富看见疤虎叔听了部队上的同志解释以后,就只操心自己的工作。有这个随军担架队的老伙伴在一块办粮站,石得富感到满意。

石永公总是惋惜地咂着嘴,说情况的紧急完全出了他的预料。石得富看出:延安撤退以后的忧愁现在重新控制了他,好像他负责的不是一个小小粮站账目,而是整个陕甘宁边区。当仓窑里没旁人的时候,他竟然忍不住疑惑地问石得富:"毛主席这回会不会过黄河哩?"

石得富忍不住笑说:"你又和春上的神气一模一样!原来你是打探这个事哩?不要白操这个心。周恩来同志在安塞真武洞几万人的大会上,说毛主席要和咱边区的军队和老百姓一块消灭敌人。这阵把敌人引上来了,你盘算他能过黄河吗?"

石永公轻轻叹了口气,说他总爱拿毛主席还在不在陕北,判断陕北形势的好坏。他希望毛主席不要走,军队保卫毛主席,陕北地方干部和人民沾毛主席的光……石得富没说甚么。

晌午，当他们三个下区上来喝汤的时光，区秘书尚生光召集的本乡乡长、支部书记和各村干部，刚刚开完会。沙家店参加会的有行政主任二木匠和妇女主任石兰英。会上众人听了尚生光的传达，又布置了各村备战的具体工作。虽然男子汉多数支援前线不在家，可是暗窑和地窖是在春上胡宗南进攻延安时已经预备好的，并且在敌人侵占绥德时已经坚壁过一回。现在只要各村干部确实领导在家的男子汉和婆姨们，发扬互助精神，把粮食、衣物和要紧家具重新寄埋进去就好了。麻烦的是给老幼妇女们准备临时躲藏敌人的崖窑和地洞。众人都担心这正是下雷雨的节令，猛不防来一阵骤风暴雨，人们藏在地洞里难免遭山水淹。讨论的结果，没崖窑的巩家沟和郝家坪两村人到紧张时，转移到邻村青木沟和寨儿山的崖窑上去藏，沙家店和石家圪崂马上开始整修上崖窑的路，打扫崖窑……

散会以后，兰英跑回去找银凤们几个妇女积极分子拉谈去了。二木匠把讨论的情形给前任行政主任石永公和民兵队长石得富谈叙了一下，说：

"我后晌就要和兰英她们领带上人手，到鸦窝沟整拾咱村里的崖窑。你们粮站上，我怕暂时帮不上忙……"

石得富说："粮站上送粮的人少了，只管你们备战！"

各村来开罢会的干部张一言李一语，谈论着同治年"回乱"时藏反的崖窑，已经多年没用了，下雷雨时山水冲坏的羊肠肠路，已经给崖上的酸枣和柠条长满了。崖窑里野兔和松鼠打洞，野雉和乌鸦在里头拉屎，不知弄成甚样子了。这些人意意思思，不想费工夫去整拾它；他们说敌人来了去藏一下，敌人一走就各回各家，不如找个深沟槽里钻一钻算了。石永公激烈反对粗心大意。他说："还是费点工夫保险些。藏反的都是些老人、娃娃和婆姨女子们。要是天道一变，你们叫人们往哪里跑是好？"

石得富同意石永公的意见。但是他强调要多为那些军人家属和民工家属着想。他说：

"人家为了消灭敌人出了门，留在家里的老小，在家里的干部就要把他们当成自家的老小一样照护。上级指示叫预备崖窑，再费工夫也说不来，粗心大意出了差错，往后从前线上回来的人问起，在家里的干部拿甚么话答对？"

他说得很多人直点头，一片声说："在理！在理！应该照上级的指示办事。公家把后方机关和家属都往黄河边转移，就是给咱们做出的好样子。……"

说罢众人正要回各村去，忽然院里拥进来一大群人。人们跑出门台一看，人群的前头是巩家沟的三个人。一个庄户人在胸脯上扭着地主尚怀宗的白布衫，拉着他走；他身后另一个庄户人一只手提着烟锅，另一只手捏着一颗铁锤一般拳头，好像只要尚怀宗一企图挣脱逃跑，一拳就可以把他的脑袋捣成几瓣。他们走到门台底下，跟上来的沙家店男女老小已经挤了半院，后头还有跑进大门来的。这尚怀宗早在旧社会里，庄户人就当面称他"怀宗先生"，背后却叫他"坏种"。

人们直声嚷叫："又坏起来了？为甚不把他拴住哩？"

"有绳子的话早拴住了！"捏着拳头的那人牙咬得嘣嘣响。

把坏种拉上了门台，扭他的人才撒了手。区秘书尚生光、乡长和支部书记都问：

"怎个事情？"

"叫他自家说！"撒了手的人横眉立眼瞪着坏种，"你说你朝成娃娘造的甚么谣言？你说！"

坏种脸孔煞白，偷瞟了一眼满院的人群，吞吞吐吐说："一句闲话……"

"闲话？"捏拳头的人扑过来质问，"是闲话你怕甚？快说！"

可是坏种死皮赖脸不吭声。满院的人群在正晌午火热的太阳底下,晒得满头是汗;因为大家都是匆匆忙忙撵上来看,很少的几个人戴着草帽。石永公一看,认为在这个时候这么做不大妥当,他提议众人都回家去吃饭,干部们到窑里仔细审问。人们一哇声说不嫌晒,兰英和银凤在人群的当中更是尖着嗓子要坏种"坦白"。石永公就连忙朝尚生光、乡长和支部书记说:

"猪嘴里吐不出象牙来。他对成娃娘造的谣,还叫他朝众人宣传啦? 审问一下,绑住送到二乡交给保安助理员办去算了。"

他们几个互相看看,觉得石永公的办法似乎稳重。可是石得富不同意。他一看见扭送来的是他从前的主家,就满肚子起火,两只愤恨的眼睛没离开过这坏种灰白的脸孔。他告诉了区上的炊事员老王去找绳子,就挤过来对尚生光、乡长和支部书记建议,应该当众揭破坏分子的谣言。

"胡宗南十几万兵马吓不倒我们,他的谣言算甚?"

"对!"人群响应着,兰英和银凤齐声说,"看他放的甚么屁?"

乡长和支部书记都说石得富的话有道理:众人既然撵来看,不明不白让他们回去更不好。尚生光就叫巩家沟的两个人向大家报告一下。两个争了一阵,还是扭送坏种的那人说起来。……

原来这坏种见野战军没打开榆林,胡匪军的大部队却从南涌了上来,又听到公家的后方机关和家属纷纷向黄河边转移,镇川堡也开始紧急疏散,他就得意地忘了一切,再也不像正月里清算罢他以来抬不起头的样子,眉开眼笑地昂起头满村摇摆了。在乡政府和村干部都到区上来开会讨论备战的时候,他竟敢在成娃娘的面前说公家慌了手脚了,恐怕打榆林的野战军败下来,支不住援兵的火了,看样子都要过山西……

"我是说'怕'嘛,"坏种呐呐地狡辩,"我也是怕有这么个事哩……"

无数轻蔑的嘘嘘声打断了他的狡辩。人们早已从金树旺和冯兆喜到柏树隘那里去做的粮食工作,知道野战军不是过黄河的模样。只听见院里一片嘈杂的议论,都说坏种不是"怕",而是"盼"。捏着拳头的那人掀了他一把,愤愤地问:

"你怕? 我问你,你说'扑灯蛾想往熄打灯,给灯烧死了'这个话来没?"

"我没说,全是成娃娘加的……"

"你不是给她说的! 你在村里摇摇摆摆,美得一个人还在说话。你喜迷了窍了,在尚怀仁家坡底下没看见我吧? 我问你:你碰见我哥,你说了些甚么混账话? 你说那些混账话,是甚么意思? 你敢讥笑我们! 你高兴得太早了! 当成我们就不敢动一动你了?"

坏种耷拉了眼皮,再不开腔了。人群瞅着他的窘样子,男子汉忍不住想动手,婆姨们鄙弃地唾他。都说:

"他自然盼望野战军过山西。正月里众人清算了他,分了他的窑,分了他的地。胡宗南上来他好倒算咱嘛!"

"做梦!"兰英和银凤一个声儿说,"胡宗南才是扑灯蛾哩。看咱们消灭他吧!"

尚生光问巩家沟的两个人:"他还说了些甚?"

"这还不够歹毒吗?"刚才报告的那人说,"谁不晓得成娃娘的是个小鸡胆。二十五上守寡就为那一个小了。她只怕当民工的成娃跟上野战军过了山西,见人叹气,上庙求神,弄得满村人不知道是怎个事情。后来众人一细问,才知是坏种使的坏!"说着,照坏种脸蛋子吧嚓就是一巴掌。

满院都嚷着叫狠狠地打。人们喊叫把他绑起来。炊事员老王拿着绳子,挤又挤不进去,叫了一声石得富,就从人头上扔。石得富伸手接住绳子,左近二木匠、疤虎和巩家沟的村干部,不知多少人要动手。石永公手拉扯绳子要绑,嘴里喃喃地说:"没想到你竟敢猖狂地说野战军要过黄河!"支部书记拦住他:

"且慢绑,把情况给众人说清楚。"

他向满院的群众说明:在紧张斗争的时光万不可像成娃娘的一样,轻信谣言。他说野战军并没败,不仅不会过黄河,而且正在布置消灭有计划放进来的敌人。民工们因为支援部队消灭敌人不能回来,家里备战的事他保证村干部们会照顾。

"我们前晌已经讨论好办法了,后晌咱们就动手!"

石得富手里捏着绳子,要求众人往后再有反动分子造谣,就照这办法扭送上来。

"野战军要过黄河,我们这粮站堆三窑粮食还不疏散,是给胡儿子留的?"

"对!"二木匠这才找到机会向他这行政村管内的群众叮咛,"咱村里的老小们,你们只管眼瞅住这粮站。情况紧了上级自然有信来,我给你们传的话没差池……"

这时人们已经不顾听他,只见石得富弄开绳子,命令几年以前他的主家:

"背转过来!胳膊伸出!"石得富站在坏种背后,往他胳膊上套着绳子。问:"这回你再不到县上告我去了吧?"

满院哗哗大笑。原来石得富在一年半以前,就是一九四六年的阴历二月天,绑过坏种一回。那时正是在重庆通过"政协决议"和"整军方案"不久。坏种深夜从当时还没解放的镇川堡回来,石得富提防国民党的政治土匪趁和平空气混进边区抢劫,带两个民兵巡夜见到他。石得富要检查他身上。他不仅不让检查,竟然还神气地说:"八路军就要给'委员长'收编,两方面都要讲民主,我有自由来往的权,你石得富没检查的权。"石得富气得两眼冒火:这坏种在早先全家跑到镇川堡的"积善堂"财主当联保主任的时候,当过保长,是个公开的"方块"(国民党)。他对边区的一切都是敌视的,现在竟敢当面说起坏话。石得富嘴辩不过他,说不让检查,就要他跟到区上去论理。他说他要睡觉,隔天去也不迟。石得富再也忍耐不住,心想他身上定有特务材料,恐怕他回家藏了,就把他绑起,果然检查出几本书。不料拉他到区上一看却是《封神演义》。这坏种趁着当时蒋介石闹假和平的机会,在区上大吵大嚷,第二天就到县上去告石得富,质问边区有没有民兵随便逮捕人的法令。……

"你再不到县上告我去了吧?"石得富一边绑他一边说,"你的'委员长'收编了八路军了没?你当成胡宗南你老子上来,你又能抖威风啦?还想多糟踏几年五谷的话,你不要乱说乱动!"

坏种眼白眨白眨,脑子里还像打甚么坏主意。众人叫石得富绑紧些。

"松不了,"石得富说,使劲结住绳子疙瘩问尚生光,"甚时送他去?"

石永公在旁边嗫嗫嚅嚅地说:"上面几次三番不让区乡随便押人,早些送到县保安科算了。"

巩家沟那两个人又积极地告奋勇要去。他们认为这号人在这个紧张的时候留下没有好处;要不是公家不让,在正月里清算他的那阵,众人早用臭脚踩死了他!尚生光考虑了一下,说:

"区长和保安助理员刚下了乡,正忙做备战工作,送去,他们也没工夫办理。暂时押在区上,写封信问问他们比较稳妥。而今是战争时期,和平时不一样,押了他没错。"

乡长和支部书记都说:"对。免得转来转去,让他跑了。"

"巩家沟还有他两条狗要注意!"石得富提醒乡长和支部书记,他两个和巩家沟的村干部都眨眼;原来他们到区上来开会以前已经布置了人,扭送坏种的那两个人说,成娃娘的这事一发,尚喜德和尚喜财就朝锄奸主任找了保人,保证他们不跑,不造谣,和众人一块备战藏反……

当下把坏种填进区上经常寄押人的那眼窑里,院里的人群才散了。乡村干部们赶紧各自回去进行备战工作,尚生光写信交人送到二乡去,石得富喝了汤就上粮站去了。

正像一场暴风雨要来以前那样,情况一时一个样。这一后晌,桃镇和印斗两区的群众只顾疏散高家洼仓库的公粮,高庙区和本区的群众也顾备战,粮站上再连一个送粮的也不来了。半后晌,约莫敌机不会再来的时光,驻在沙家店区各村的野战军后方机关,统统都向正北撤走了。人们从他们走的路线上判断,不是要过黄河的模样,是往更安全的地场转移。石得富打探了一下转移时路过沙家店的同志,说南线敌人还没到绥德,他们奉命转移只是为了绕到战斗部队的后面去。石得富心里想:这就是说,沙家店地区现在是战线的前沿了。……

石得富看见二木匠、兰英和银凤他们动员了全村所有能劳动的男女老小,在鸦窝沟整修崖上的路,打扫崖窑里头。而他和石永公和疤虎三个却在粮站上闲起来了。这种闲令人难忍地焦急,因为三大窑粮食堆在眼前。野战军后方机关转移以后,明天再不会有人来领粮了。石永公提议写封信送给堡里的葛专员,报告这里既没有送粮的,也没有领粮的,也许会有甚么新指示。石得富认为眼下还没这个必要,上级早已告诉叫等着指示,何必显得那么慌张呢?也许这些粮食要留给野战部队吃用。合作社老陈关心地跑上来看粮站怎么样,石得富叫他不要着急草站,因为谷草很少,一大堆麦草总共不值两石粮。他告诉老陈只管整顿合作社的货物,一旦堡里的指示来了,忙不过来的话,难免请他上粮站来帮忙。

利用这后晌的空闲,石得富和疤虎帮石永公把部队交的各种粮票,分类全部点清,打包起来。他想:准备着将要到来的紧张工作吧。日头落时,他们下区上吃饭,在鸦窝沟整拾崖窑的人都已回来了。

他们一进大门,二木匠和老王在门台上就嚷叫:“你们说坏种是人吗?”

"怎么？"三个人奇怪，"关住他还坏啦？"

"这号东西就不如早些打发他见阎王去！"老王狠狠地朝院角里的茅房一瞅。众人看时，茅房门上挂一把铁锁：他们把他关到那里去了。

原来区上没有专门的禁闭窑，临时寄押犯人都在一个小仓窑里。多少年来，犯人有绑的有不绑的，关进去没出过一回事。哪里想到坏种关在里面一后晌，老王要做黑夜饭开门去舀米时，一舀糊了一升子屎。他连忙又揭开面箱看时，果然面里也撒了尿……

"这狗日的！"石得富臭骂，"真是牲口！上回敌人占了绥德，不是把老百姓的米面撒在坡上，醋酱坛子里拉屎尿尿吗？这狗日的和胡儿子一个模子脱出来的货！"

坏种在茅房里嘟呐："里头不放屎尿家具，叫不开门……"

"茅房里方便！"老王气得涨红了脖子，"你尽一后晌喊叫，蹲在那里头你再也不要嘶声叫唤了！"

疤虎摩拳擦掌，要把他抽到梁上揍他一顿。石永公说："这号赖皮，做了他，往走送时，他又装走不动。哪有人手抬他？"

石得富问："给曹区长送信的还没回来？为甚不把他送走？"

"回来了，"老王压低嗓音悄声说，"曹区长信上说县保安科的犯人已经转移了。叫暂时在区上押两天，等他们做完备战工作，搞起游击队就派人来拉他。"

"尚秘书哩？"

"金书记来了信，说他们忙得顾不过来，叫他到五乡布置一下备战工作，明早起就回来。……"

石得富低声告诉老王要小心坏种跑了，众人就吃饭。吃罢饭天已经黑了。

因为野战军后方机关转移的影响，天一黑，家家户户开始坚壁东西了。到处院里灯笼火把，人影幢幢。平时，粮站每天黑夜结账，这

黑夜没账可结,石得富、石永公和疤虎也都回家去坚壁。石得富说:

"咱们少睡些觉,安顿罢自家的,再帮助人力方面特别困难的军属和民工家属一下。二叔,你和兰英她们怎么配置的?"

二木匠把还没配置人帮助的几家告诉了他们,每人分了两家,就各自回去了。

石得富下大沟回家时,一边走一边想:"明儿就是敌人预定要到绥德的日子了。绥德到镇川堡,是一马平川。今儿没听见大炮响,难道三十六师要等南线敌人的大部队上来了,才下镇川堡来吗? 野战军究竟是怎个布置哩?"野战军后方机关的转移,加上金树旺他们忙得顾不来备战工作,使石得富想起野战军会不会很快下来……

"得富,"是银凤的声音,她从兰英家大门出来,"等一等,我问你句话。"

石得富折转身:"怎么? 骇怕了吗?"

"骇怕甚?"银凤的声调里还是带着她一向的坚定,只是有些匆忙。她转头一看左近没人,凑到石得富的身边,很想说又难开口似的低声问,"你给金书记说甚来? 我昨儿和他从四乡回来,他在路上说我……"

"说你甚哩?"

"说我……说我……反正没说我不好,叫我好好办工作……"

"那你就好好办工作吧……"石得富生硬地说,他的心早不顾想银凤和他的亲事了;一场严重的斗争在等待着他去考验自己!

银凤又说:"人们尽担心,怕你负不起粮站的责任,你可要……"

"我晓得,尽我的力办就是了。你走吧,你们今黑夜不是也帮助人家坚壁吗?"

银凤喜欢地望着他严肃的笑脸,在黑暗中捉住他的一只手捏一捏,说:"兰英叫我今黑夜帮助两家……"说着撒开手走了。石得富独自下坡去了。

第 九 章

经过了大半夜的翻腾,沙家店村里的灯火渐渐稀少了。第二天早起人们起来,家家窑里已经是备战的状态:粮食、衣物、纺车、布机、家具……都看不见了。外面光留下做饭必需的东西。只要再造就干粮,人们随时可以最后收拾一下就离开村子。

一件意外的变故惊动了全村:坏种跑了……

"坏种怎能跑了哩?……"满村到处在惊讶。

原来陕北地主的住宅讲卫生的,茅房都是院里解手,院外掏粪。有的是"隔墙茅坑",有的甚至是"滴茅坑"。区上占的"积善堂"地主这座新院,就是后一种。这个滴茅坑,茅房里只铺一块石盖,石盖上打开一个尺把方圆的小口,而出了大门,下了石板坡,在茅房正下面的石墙根,有一个一人高低的小窑,粪便就直端滴到这小窑的茅坑里。坏种趁着黑夜在石头上磨断了绑他的绳子,揭起了茅房的石盖,从两三丈深浅的粪洞里跳下去了。大坑的茅粪没有把他淹死,也没有栽断他身上的一件子,他跑了。炊事员老土起米朝茅房里一瞅:那么重的石盖揭起了,地上扔着两截断了的绳子。他可真慌了手脚,赶紧满村吼叫村干部。

说来也真凑巧:石永公和疤虎因为黑夜常有部队的同志来领粮,倒是自从接手粮站以来总在区上睡,偏偏这黑夜坚壁罢东西已经半夜过了很久,粮站白日都闲着,黑夜更没事,他们就便在自己家里睡了。至于石得富,差不多一夜没睡觉。他首先帮助三家坚壁了粮食,然后才同他娘和石永福婆姨一块坚壁他院里两家的。估量到他往后很可能没工夫照顾她们，他把地窖也压了，暗窑也垒了，天已经大明。他正给他娘和石永福婆姨安咐，叫她们合伙做饭，合伙造干粮，在鸦窝沟藏反时互相照顾，这时他听得外面人们喊叫坏种跑了。

石得富、石永公、二木匠、疤虎、合作社老陈、张明正，还有兰英、银凤……还有不知多少男女，都挤到"积善堂"滴茅坑的小窑外面看。那坏种跳到茅坑里，茅粪溅了一世界。他爬出来的地场，淋了一大片。他没走村里，从一路淋着茅粪看来，他上村对面的南山跑了。他知道解放军在北边。这个家伙！

"怎办呀？"老王慌眉慌眼问众人，"区上没单另押犯人的禁闭窑，他在仓窑里又胡糟害得弄不成。谁想到他会揭起百十斤重的石盖，不怕茅粪淹死他跑了哩？"

老陈连连摇头："想不到！想不到地主真这么下流！"

石得富气得瞪着眼："一点也不奇怪！地主和咱是生死仇人，甚事做不出来？还是咱们警觉性不高。老王你不用慌。不怨你一个，我们几个也是没提防他会跳滴茅坑……"

人们纷纷议论：坏种不准敢回巩家沟家里去洗换衣裳，敌人离这里还远，他准是在甚么地场钻着等敌人来。当下众人提出他左近三二十里以内所有的亲戚，研究他可能到哪里去钻。研究的结果，一致认为镇川堡复杂，他多半混到那里，在他舅舅沈三家里钻起来了，那沈三也是春上被斗的地主……

"对！"石得富朝二木匠说，"二叔，你快到巩家沟和乡政府联络一下。永凯叔，咱两个寻踪看他朝哪塔跑了。"

说罢三个人就分两股路起身。

石永公连忙喊叫："得富，我也去，人多些，那亡命徒可敢瞎做哩！"

"哎呀！"老陈说，"你这人才是！尚怀宗嘛，心和刀子一样，他能这么跑,还能叫撵上？这时天明了很一阵,他早到甚么地头钻下了。寻一寻脚踪,只不过好估量他朝哪塔跑了就是了……"

石得富回头叫石永公不要去。他和疤虎跟着坏种喷臭的脚踪,风快上了南山。众人惋惜了很一阵,才四散去了。

整整一早起,满村在议论这件事。

早饭时光,区秘书尚生光从四乡布置罢备战工作回来了。一听他不在的时候竟出了这么大的岔子,他气得半天说不出话。当一件事情弄糟了的时候,追根究底,似乎每人都有些过失。尚生光首先后悔这种反革命案子和一般的刑事犯人不同,开始就不该让在仓窑里寄押。他又指责在坏种糟害了米面以后,关到茅房里去是意气用事的轻率举动。他问老王:"既然关到茅房里,黑夜为甚么不操心？"

老王着急地说:"得富给我安咐过,我还是操心来。前半夜看了几回,后半夜困得厉害了,我睡死再没醒得来嘛……"

"你们做甚去了？"尚生光又问石永公。

石永公把全村动员起来坚壁的情形谈叙了一下,痛心地说:"要是料到这一着子,我和疤虎怎么也要上区上来,轮着看他!"

"石得富哩？他叫人家操心,自己做甚去了？难道这个时光还顾和银凤……"

"不是,"石永公截住说,"得富这回回来可听曹区长的话,昨黑夜可不是。甚是甚,不能冤人家后生。"

"好尚秘书,"老王难过地说,"你不要乱抱怨人。人家得富为帮助众人坚壁,弄得一夜没合眼皮。怨我,我困死也不该往下睡。再说,实在困得支不住,就应该下去叫永公和永凯。哎!"他照自己头上狠狠地打了一拳,"我对不起老百姓的小米子! 我该死!"他哭起来了。

过了一顿饭时光,石得富和疤虎回来了。

那坏种翻过了南山。在从二乡泥沟子流到巩家沟的小河里,他洗了身子和衣裳,又上了一架山,然后顺山墚一直走到郝家隘左近下了大沟,到了郝家坪往西的白家沟。那里已经是镇川县界了。

石得富肯定坏种去了堡里。他和疤虎返首回来时就到巩家沟乡政府。乡政府已经派定锄奸主任和一个民兵,准备着跟二木匠去拿区上的介绍信,到镇川堡沈三家里去搜查。石得富和疤虎到乡政府刚吃了一锅烟,那两个人在家里吃罢饭来了,众人就一行来到区上。

石得富把这情形一拉谈,石永公首先叹了口气。

"唉,这坏种给跑脱,敌人来了可是个大害根子! 他一定……"

"后悔没用!"石得富截住,"跑脱自然不好,逮不住的话也没甚了不起! 他狗日的和蒋介石、胡宗南迟早是一个命运。咱们反正要消灭一切敌人! 尚秘书,你赶紧写信,打发他们起身吧。"

尚生光本想批评石得富几句,一见石得富这股忙碌的劲头和一夜没睡觉的血丝眼,他不好再说了。他不高兴地准备着纸笔,说:

"给镇川县上写哩? 还是给堡里的市政府写哩?"

"直端给市政府写吧,"石得富提议,"写给县上还是转到市里了。你信上写清楚,就说这是个急事,因此上才省这道手续……"

尚生光动笔写信,众人避免扰乱他,悄悄站在脚地等着。信写好交给巩家沟的锄奸主任和一个民兵起身,石得富一直跟他们出了村,告诉他们应该注意的事项。他折回区上的时候,尚生光已经另写好了一封信,交二木匠派人送给曹区长他们,报告坏种跑了……

这意外的变故弄得众人好忙了一气。都吃罢早饭,已是快半前晌的时光了。沙家店家家户户开始造干粮,炒麦子的、烙饼的,满村干锅味。粮站没一个人来,村里笼罩着一片闷人的沉寂。运粮的民工不走这里两天以来,敌机就很少来这一带袭扰了。从扫射和轰炸的响声判断,向黄河边转移的人群和物资,变成了他们新的肆虐目标。

八月十五号。这是南线上董钊和刘戡两股匪军预定在绥德会合的一天。半前晌,空前激烈的爆炸声在甚么遥远的地场轰响起来。乍开头,沙家店人们还以为是北线上消灭三十六师的炮火响了。仔细一听,爆炸声却是从东面和东北方传来的。时远时近,陆陆续续。很明显:敌人是用美国送给他们的飞机和重磅炸弹,封锁黄河上的几个渡口,轰炸那里的船只。

为甚么直到今天野战军还不动手消灭三十六师呢?一种焦虑开始在人们的心里代替了对追捕坏种的悬念。

石得富趁着粮站上没事,躺在区委窑里补睡着觉。过了一会,疤虎也睡去了。他们在这个时光睡得着,很使石永公奇怪。虽说他们刚从前线上经见过战事不在乎,可是这里堆的百大几十石粮食,可不是个小事啊!石永公一个人从区上走到粮站上,又从粮站上走到区上,念叨着:"战事究竟朝怎么来呀?"

临晌午的时光,最被石永公极端注视的一个消息,终于传到沙家店来了。兰英、银凤,还有三两个妇女,慌忙到区上来报告。石永公听她们一说,脸色立刻煞煞白,连忙掀醒来石得富和疤虎。

石得富坐起,眯着涩眼看着脚地站的几个妇女,兰英和银凤也在其中。她们脸上显着极度不安。

"怎个事情?"石得富揉揉眼睛。

石永公神色严重地说:"她们听人说,毛主席朝黄河边走了!"

"我不信!"石得富溜下脚地,"你们又是听谁瞎拍嘴?"

"婆姨女子们就爱信小人言!"疤虎还吊着眼皮,懒得听,又倒下去睡了。

妇女们七嘴八舌报告消息的来源。石永公叫她们不要抢嘴。众妇女静下来,让兰英一个人报告。

兰英说:"你们几个负这么多粮食的责任,得富,你总是粗心大意不好啊。你晓得石得成婆姨是县城南面十里铺娘家吧?她娘和她妹子到咱这塔跑反来了,说今儿敌人要到绥德,绥德到米脂的无定河大川里,昨黑夜婆姨女子们就挪开了一大半。昨后晌,毛主席从大川里上来,到十里铺南面的官家湾朝东拐转走了。那塔的人都奇怪:他要是和咱的野战军往近靠,为甚不走米脂直端向北哩?"

"就是!"石永公说,他不光白了脸,声音也有些颤抖,"啊呀,毛主席这一走,关系就大了……"

石得富问:"得成的丈母是城跟前大川面的,你们晓得正道不正道?"

"对,"疤虎也怀疑;他躺着听兰英仔细叙述时重新爬起来,"怎么五六十里路上跑反?把她叫上来究问一下!"

银凤连忙解释:"人家和咱们是一样的贫雇农,得成小舅子还是民兵班长。说打发她娘和妹子来,他好打敌人……"

"不要见人就犯疑,"兰英接嘴说,"这和坏种不一样。人家老婆给女子说罢,还安咐叫不要乱说。得成家悄悄给我们几个拉谈。"

石得富又问:"谁看见来?不要把甚么人当成毛主席了!"

"你才是!"兰英说,"毛主席的像哪个村没?谁认不得?那老婆说有看见的,他骑一匹铁青马,脸上总是笑笑的,还是满不在乎的样子……"

"那么许是真的。"疤虎看看石得富。

说话中,尚生光、老陈和二木匠来了。他们听说石得成丈母从南十里铺来跑反,也是去打探了南面的情况上来的。石得富问他们,二木匠是个"老延安",证实说:

"真的,说得人能信下是毛主席。跟他一块的,骑骡马的人多。我在延安多少年,除过杨家岭的那一部分,没那么多大首长。"二木匠说着,深沉地叹了口气,"老人家快过黄河吧!过去人放心些。"

老陈惋惜地咂着嘴说:"他动静的就有点迟了。敌人今儿占绥德,他昨后晌才从绥德左近上来,离敌人太近了。万一给敌人晓得风声,猛追一下怎好呀?"

"追是不能给敌人追上,"尚生光说,他担心着另一样,"渡口上的船给飞机炸坏了,怎办?毛主席能这么没计划吗?他要过黄河,为甚不早几天从从容容过哩?敌人出动好几天了,他又不是不知道,为甚直等到敌人到跟前了才走哩?"

石得富看出尚生光也是不大相信,他加添说:

"还有一样:毛主席离敌人只有几十里,为甚大天白日行军哩?"

"是啊!"尚生光同意,"据说到十里铺下面时日头还没落,准是在半后晌飞机不会来了的时光出发的……"

石得富想起来了。他肯定地说:"毛主席绝不是过黄河的主意!这里头定有计划,你们不信,等着看吧!前黑夜冯主任从堡里回来说的甚?毛主席一个小小的计划,能耍了他蒋介石十万兵马!"

提起冯兆喜的话,尚生光和老陈面对面点头。妇女们听了众人的这番议论,跑上来时脸上所带的不安渐渐消失了,眼里充满了崇敬的光芒,望着墙上挂的毛主席大像。那像是那么庄严,那么雄伟,好像表示:"我不离开陕北,我要和你们一块坚持斗争,把进犯的蒋胡匪军消灭!"银凤望罢毛主席像,一眼盯着石得富拿短烟锅不慌不忙装烟的样子。她喜欢他的坚定,她敬佩他有见识——他从前线回来比旧前更可爱了。……

疤虎和二木匠还在疑惑多少万敌人漫到跟前的时候,毛主席将是甚么计划呢?石永公仰头看着毛主席的像,说:

"主席啊!你不是个平常人呀,可出不得差错呀!"

石得富说:"不要你替他老人家担心。他正不是个平常人,才有这个气魄!没把握的事,他做不出来。咱们担心咱们的工作,北线上至今儿还没动静,这才是个怪事。难道野战军还没把三十六师弄住?"

众人猜测:要不就是三十六师留在上头保榆林,看见野战军的势力大,缩回去了。可是人们仔细一盘算,又都疑惑:既然等不住三十六师,野战军为甚么还要在上头总等呢?董钊和刘戡顺咸榆公路涌上镇川堡来怎办?

尚生光说:"我估量野战军既下了决心要消灭三十六师,准是还在瞅机会。咱们等他们抓坏种的人回来再看,他们在堡里总能听到一点风声……"

"对,"石得富说,"他们赶后响就能回来,众人不要慌。"

由于石得成的丈母带来了城南紧张空气的影响,加上北线上令人不安的沉寂,沙家店的群众情绪开始动荡了。这后响有些怀娃娃的和坐月子的婆姨,为了跑不动,并且避免在崖窑上藏反可能遭遇的麻烦和危险,只要在北乡上或葭县古木区有嫡亲的,都开始挪动了。

促成这个动机的有一个直接原因:兰英的婆家打发她女婿马金宝的一个侄子寻她来了。虽说还没过门,公婆都盼望兰英能到马家墚躲避一时,并且还请堂亲家一块去。那侄子说:野战军的后方机关都从沙家店区转移到古木区驻下了。乌龙铺的粮食由这天起不往吴庄区运了,全部存放在柏树隘一带。区委书记金树旺他们正在那一带紧张地工作着。这显示野战军在北线消灭三十六师的计划并不顺利,部队可能要下来……兰英是沙家店村里妇女的领导人,怎么能只顾自己先走呢?她不去,她娘自然也不去。她们告诉那侄子,到必要的时光,她们自己会找到马家墚的。为了防备万一险恶的情况,兰英和二木匠商量好,找银凤们几个用整一后响的工夫,动员所有大肚子和坐月子婆姨,即便在北乡上的不是嫡亲,也可以早点去躲避一下。她们并且和二木匠帮助寻找送这些婆姨们去的人。

石永公的婆姨坐月子刚满月不几天。疤虎婆姨挺着七个月的大肚子。她们的娘家都在北乡上。虽然柴家圪崂和张家洼离开沙家店都不过十几二十里,可是比起这大路上的镇店地场,总要妥帖一些,何况乌龙铺的公粮还往那面存放。她们都想去,只是男人在粮站上,没人送。兰英和银凤把这个情形告诉二木匠,要他和石得富商量。

粮站上没一点事,三个人在后晌从头至尾核算一下,共存一百三十五石六斗多粗细粮食。二木匠把石得富从粮站上叫出来一说,他就找区秘书尚生光商量。

"尚秘书,"石得富恳切地说,"你知道永公婆姨娃娃一大堆,常要顾家。看这架势,北线上有葛藤。野战军要下来,很难料定仗在哪塔打,粮站不知要办到甚时去。敌人一天一天上来了。葛专员的指示一来,粮站保险没消停。我看叫他们两个把婆姨娃娃安帖一下,免得到后来麻烦。……"

"你把他们打发走,或是镇川堡,或是乌龙铺,哗一下来了运粮的怎办?"尚生光莫名其妙地望着石得富,"你不要听石永公那一套!"

"不是,"石得富给他备细解释,"永公忙算账,还没顾上想到这个。是兰英叫木匠给我说的。你知道我家里干净利落,到紧张的时光,他们在跟前,我不让他们顾家,说话没力量嘛!来了运粮的,把老陈、张明正、木匠都叫上来打发,还有你和老王……"

石得富很坚决,尚生光勉强同意:"那么叫他们送到赶紧往回!不许拖延!"

石得富上粮站叫石永公和疤虎赶紧起身。他要他们送到后最好不要吃饭就回来。石永公当下把账包包交给石得富,一句话没说急急忙忙拿着他的烟锅就走了。疤虎却毫不在乎。

"慌甚?"他慢腾腾地说,"我不复员回来又谁送她去?等敌人到跟前了,她自己去吧。我跟你守粮站!"

疤虎又说石永公送走了婆姨娃娃,还有老娘看家。他呢,只有一个婆姨。穷虽穷,七零八碎还有个摊子。石得富给他解释:勇敢和粗心不同;不是要他慌张,而是为了往后必然紧张的工作着想。石得富劝疤虎去帮婆姨拿些东西,家里的门可以锁了。

"你既然复员回来,不能看着不管。她有七个月的身子。快去吧!"石得富说着,把他拉起来,他才磕了他短烟锅的烟灰走了。

整整一后晌,从乌龙铺也好,从镇川堡也好,并没有人来运粮。

天擦黑时,巩家沟乡政府派人送来了信——坏种没抓到。他舅舅沈三旱被镇川县保安科抓去,和堡里旁的嫌疑分子一块往吴庄区转移去了,家里只剩一群婆姨娃娃。信上并且写着:胡匪三十六师竟然从无定河西岸下来了,先头部队正向镇川堡以上十五里河西岸的下盐湾涌来。估计敌人如果黑夜不渡无定河,明天就会过河来占镇川堡。

第　十　章

　　鸡叫了二遍。石得富兜里装了两颗没把的手榴弹，要起身到镇川堡去。彻夜没等上葛专员从堡里给粮站的指示，西面又传来隐隐约约的炮声，不知远近。他非要亲自去看看，究竟是怎回事。

　　半夜才从北乡回来的石永公千安咐万安咐："得富，你沿路打听点风声。你不要闷着头只管撞。得富，如若咱公家黑夜撤出来了，你冒撞进堡里去，要吃亏……"

　　"你听我说，咱两个去！"鸡叫头遍才回来的疤虎坚持着，手里找了两颗同样的手榴弹捏着。

　　石得富不听："你两个款款在这里等着。要是乌龙铺那面来了运粮民工，你们好打发粮食。即便支前委员会撤走了，只要敌人没进堡里的话，里头总还有咱的人。我不是个娃娃，你们只管放心！"

　　把尚生光给支前委员会的介绍信揣到兜里，石得富就起身了。黑夜阴了天，防备着下雨，老王把他的夹袄给石得富拿去披。石得富下了渠，出了村，顺着小河淙淙的流水，一道沟往西走了。

　　沟里云遮黝黑，河滩上乱石掺杂，石得富低头辨认着路径，高一脚低一脚，坚决地走向我军正在撤退或者已经撤退的镇川堡。

　　难道一个人在这样的黑夜，走向情况不明的地场去，连一点恐怖的感觉都没有吗？没有！一点都没有！堆在沙家店粮站上的一百三十五石六斗多粗细粮食，是庄户人四季勤劳换来的，是送给为他们打敌人的战士们吃的——这个念头现在主宰着石得富的精神。战争的紧张气氛对个人安危的影响,是他根本没有想到的事情。

他走得风快,过了巩家沟,到郝家坪天麻麻亮了。路过白家街到坡儿上时,村里才飘浮起做早饭的白烟。到小河沟口的朱家寨子,他擦着满头的汗水一打探,村里还驻着党的榆横特委机关。他这就断定敌人还没进了镇川堡。出得朱家寨子,就是无定河大川。川地里葱茂的庄稼那头,无定河上浮着一条清晨的白雾。一切和平时一样,镇川堡的砖窑瓦房,照旧出现在一大片树丛中。白晃晃的咸榆公路笔直地伸进了堡里的南门。

石得富经庄稼林里的小路朝东门走去。路上零零星星有些担筐背包逃难的人。他打听他们,说敌人还在无定河西,堡里的居民黑夜已经走了八成。

可是好拥挤的镇川堡啊!石得富进得东门,见大街小巷到处是等着运粮的民工,人和牲口足有逢集日正午时稠。他明白了:怪不得轮不到他们的小粮站,这里的总粮站还没有转移完哩!

人们一个个脸上肮脏、困倦。有些人抱着扁担,坐在毛口袋上,靠着店铺的门板打鼾。有些人提着小布袋里的炒米或炒麦子,嘴里使劲地嚼着。赶驴的就地铺下毛口袋,摊开草喂驴。有的蹲在跟前一只手往草里撒料,一只手往自己嘴里抓干粮。石得富在人和牲口群里转转弯弯,钻空子走着,顺便注意有没有沙家店区的民工。他没看到。忽然十几步前面一个穿黄军衣的同志大声宣布:"第三中队的老乡们注意啦,准备跟我去装粮!"当下一摊民工掀起睡着的人,收拾着干粮,扁担如麻林一样,站了一大片。他们挡住了石得富的去路。他站下等他们点验了人数,走了,他才过去。

他走到十字街口。堡里这条唯一宽敞的南北大街上,也挤满了人和牲口。他挤到一个穿着粗蓝布政府工作人员制服的同志跟前,打探支前委员会的地场。那同志仔细打量了他一阵,考察了他几句,胳膊朝北街上一甩:

“头一个站岗的店门就是！”

石得富走到那店门口朝里一瞅，宽敞的院里空荡荡的，只见葛专员的那匹高大的骡骡已经备好了鞍子，拴在槽道外头，显然是准备要走了。他连忙掏出信，交给门岗；一个门岗盘问了他一阵，叫他等一等，进去了。

过了一锅烟时光，葛专员那大个子通信员吴忠，卡宾枪、盒子枪、皮挂包、手电筒，满满挂着一身，跟着门岗出来了。石得富记得吴忠在这故事开头的那一天，因为他“命令”葛专员帮助指挥路上的民工防空，好像很不满意过他。后来大概因为专员对他有那么大的好感，吴忠对他也改变了态度。现在吴忠堆着一脸笑，亲热地握住他的两手，说：

“专员正和部队上的几个首长谈话；叫你进来等一等。”说着像农民朋友一样，手拉手进了院里。

店里敞开的窑和客房，大都收拾得一干二净，没一个人了。石得富奇怪：干部都走了，专员还留在这里做甚？吴忠给他解释：干部全体出动帮助各仓库打发粮食去了。等粮食扫清，他们一齐就走吴庄到柏树隘去。

“你不知道敌人昨后晌到了下盐湾吗？要不是隔着一道无定河，离这塔十五里路，一早敌人就下来了。”

“怎鬼捣的？”石得富痛惜地问，“不是野战军要消灭这部分敌人？怎么让他们从河西下来了哩？”

吴忠一只手在大腿上一拍：“狗日的三十六师又快又滑，没弄住嘛！”

说着，他低声告诉石得富他刚刚听到葛专员和几个部队首长谈前几天的情况。这情况现在已经不成其为军事秘密了。原来野战军从榆林主动撤围以后，马上就部署在榆林城南四十里的归德堡左近，要消灭从沙漠里拖过来的疲劳不堪的三十六师。谁也没想到它拼命赶路,一滑就下了鱼河堡。当天(十四号)黑夜,野战军又在无定河以东的山地里向南运动,准备在鱼河堡到镇川堡的中间包围歼灭,警备四、六两团在河西堵截溃兵。哪料想狡猾的胡匪三十六师十五号竟从鱼河堡渡过了无定河西,绕党家岔进到下盐湾了。警备四、六团被敌人挤下来,至今天天明以前才全部从下盐湾以南几里的马虎峪锁河过来,现在掩护镇川堡最后转移粮食的正是他们⋯⋯

"怪不得!"石得富惋惜地说,并不恐慌。这三十六师对他已不生疏,在陇东和三边抬随军担架时,就常听说这股敌人进攻最疯狂,总在野战军后面追赶,这回又同野战军隔河竞走。

吴忠继续惋惜地说:"要不是这么一闪又一误,这塔的粮食早转移完了。昨黑夜敌人在无定河西,民工们就从河东的川里悄悄摸黑下来,敌人还拿小炮打哩⋯⋯"

说话间,葛专员和三个部队干部从窑里出来了。石得富和吴忠马上转过身来,见他们一边走一边还在谈话,下了门台直端走过院子出大门去了。石得富见葛专员没看见他,他也没张声,只见专员经过几天的日夜工作,比路过沙家店那天消瘦多了。

"啊呀!"一个穿灰军衣的部队干部看看天气,说,"要下雨啦!"

另一个说:"下小雨不要紧,正好飞机不能来。下大雨的话,敌人和我们一样不能行动。"

"葛专员,"第三个穿黄军衣的却忧虑地说,"要下! 我们的民工最快黑夜才能赶到沙家店,你还是看可不可以在近处给我们另拨一部分粮食,譬如吴庄一带⋯⋯"

葛专员拍拍那同志的肩膀说:"不行。现在沙家店粮站已经是最前边的一个了。旁的粮站有专门粮食干部负责,那是个后方的临时粮站,几个村干部在搞哇。他们已经来人问,再不能拖了。只要你们管理民工的干部组织领导好,黑夜赶到也行嘛。昨晚上我真着了急。这些老乡竟然不顾敌人从河西拿六○炮打,一个也没有跑散,全部下来了。你们的民工到沙家店运粮,不会像昨晚上一样,非从敌人眼眉上过就过不来。即便淋一阵雨,赶到那里把粮食装起,情况有个突然变化也不要紧了。好,好!再见,再见!"

葛专员说罢和客人一一握了手,三个部队干部都和他互相敬了礼走了。他折转身,发现石得富和吴忠两个在当院,向他走来。

他笑着,亲热地把一只手搭在石得富肩膀上,说:"进窑里谈……"

石得富走着,感到脸有点发烧。他听见葛专员对那穿黄军衣的干部说的话,就后悔他没像前几天一样,坚持等着葛专员的指示。在这里的民工和干部,包括专员在内,都是这样镇静的时候,不免显着他惊慌失措了……

"我们不摸底,只担心粮食,就跑来了。"石得富到窑里愧悔地解释。

"来了好嘛,"葛专员并不责备,他笑问,"那个粮站结果还是你在负责?"

"没牛使驴,再没旁人怎办?……"

葛专员笑了笑:"情况没有甚么,准备了两次没有打上。现在还要打!不要看他们狡猾,逃不脱被消灭的命运!你们不要惊慌。沙家店的粮食已经拨给野战军一百石,大约今晚上他们就带民工来装。我已经写信给郭副县长,叫你们区委书记回来组织你们打发粮食。现在还存了多少?"

"米麦一百二十来石,黑豆高粱十几石……"

"正好。"葛专员说,"今天下午还有部队要领十几石粮,要是最后剩下几石尾巴的话,看见形势不对了的时候,你们就把它疏散到大路以北的几个村里。办到吗?"

"办到!"石得富毫不踌躇地答应。但他犹豫了一下,终于还是问,"昨儿南线的敌人占了绥德没?……"

"占了。还过了绥德二三十里……"

"那么,两面的敌人眼看快会合起来了。咱们怎么打哩?我们听说毛主席经过城南十里铺朝东走了……"

葛专员看着石得富对战事发展十分关切的神情,赏识地笑了。石得富怕专员误会他动摇,解释说有些人怀疑毛主席这回也许要过黄河,他不肯相信。

"你说怎样?……"石得富望着专员微笑的脸,等着听他的意见。

"你说的对!"葛专员满意地说,"毛主席不会丢开我们!困难是有的,可是毛主席领导着我们,一定要胜利!"葛专员说着,挥舞着有力的手掌,就给石得富介绍镇川堡紧急打发粮食的一些经验,要他们参考吸取。石得富从他话音里和态度上,清楚地感到一种对疯狂冒进的敌人的鄙视。他有信心地告辞了专员。吴忠把他送出店门,他就带着一种迎接迫在眼前的紧张战斗的精神,扯开大步回沙家店了。

北大街口拥挤的运粮民工已经稀少。镇川堡总粮站有好几处仓库同时发粮,只要民工们到齐是很快的。石得富朝南走着,忽见十字街口挤了一大堆人,后边的跷起脚尖,伸长脖子往里头瞅。"怎么回事呢?"他加快脚步朝那里跑,到跟前就听见军队行进的脚步声和马蹄声了。

"四、六团,四、六团……"

"河西过来的,马都是泥腿。……"

人们低声相告。石得富挤上十字街口一家早关了门的杂货铺门台,只见队伍从西街过来,在这里折转朝南大街去了。南大街上,民工们人和牲口都挤在两旁,让队伍过。这两个警备团是由各县保安队的底子新编起来,战士们几乎都是绥德分区的子弟。一个偶然的凑合使从榆林前线下来的民工,很多人在这里看见了他们的小子、兄弟、女婿……南大街上这里那里,民工们里头有人招手,喊叫着奶名,

因为时间仓促,无头无尾报告两句家里的情形:

"哎,虎栓,咱妈病强了,你放心吧……"

"哎,满囤儿,那回信上说的那事办好了,你不要担心啊……"

"哎,铁柱,你媳妇添了个小子,大小平安……"

虎栓呀,满囤儿呀,铁柱呀……答应着,咧嘴笑着,右手捏枪带,伸出左手招着,脚步声嚓嚓地,不停不息地,头也不回地过去了。多少人被这场面感动得湿了眼睛。

沙家店参军的在这分区地方武装里也有七八个人,石得富的兄弟得贵也在警备四团。他注意看着,却看见石清良老汉的二小子二耐儿,这二耐儿参军以前,也是石得富领导下的一个民兵。等他到十字街口临转弯的时候,石得富喊叫了他一声,他拐过头来,两个人只面对面笑了笑。多么豪迈的一笑啊!

这一片民工和子弟兵在前线见面的情景,在葛专员的话鼓舞以后,给石得富身上添了一股新的力量:"困难是有的,可是毛主席领导着我们,一定要胜利!"他想起葛专员说今后晌有部队要领十几石粮,恐怕就是他们。他不能再看下去了,不能等着看一眼他兄弟得贵了。他使劲从人群里挤过去,转到东街上,出了东门。

他到朱家寨子时,沿公路南下的队伍已经过了高粱村,折向东来了。

沙家店村里,多少人在等待石得富回来。区秘书尚生光、粮站石永公和疤虎,村里的二木匠、兰英和一些旁的人,估量着石得富该回来的时光,都不由得到拐渠口来探望,因为从这里可以看见前沟里的大路。

银凤比谁也等得早。她在那里站了快一顿饭工夫了。人一多,她既不愿意离开那里,也不和旁人拉谈,一对毛眼扑闪扑闪只瞅着前沟里的大路。尽管她娘老子说她借上工作的幌子老往石得富跟前凑,说她"越来越不要脸",自从那天区委书记在路上和她拉谈过一回以后，她好像得到了某种鼓励，现在是连尚生光和石永公，她都不避讳了。她甚至考虑把她和石得富的关系干脆公开了反而痛快些。知道石得富天不明就去了堡里，她比谁也关心。

约莫是半前晌时光，石得富大踏步从前沟里进来了。二木匠仗他腿长，首先三跷两步奔下沟去，其他的人也都欢溜溜地下去了。石得富走至村头上，已经被一大堆人围在中间。"镇川堡怎么样？""敌人到哪塔了？"石永公离老远就问，"粮站怎办？"……

石得富走了三十里路，还没有降低他的兴奋。他在人群中间，从北线上怎么没打上敌人，民工怎么到镇川堡有秩序地转移粮食，部队怎么沉着地掩护，葛专员对这个粮站怎么指示，说到野战军还要打三十六师。众人听了，一个个舒口气安了心。二木匠粗鲁地大声嚷叫：

"只要咱军队在，它是个三十六师？就是七十二师，怕他做球！"

银凤看见石得富用老王的夹袄揩脸上的汗，把她的手巾悄悄填到兰英手里，让兰英递给石得富。他胳膊一扬一扬，还像演说一样将他刚在堡里从葛专员听来的话，向大家宣布：

"咱们这塔而今变成前线了！葛专员说困难是有的，可是毛主席领导着咱们，一定要胜利！"他揩了一把汗，漫不经心地把手巾还给兰英，并不知道这是银凤给他的。

"众人快散，叫得富吃饭去吧，"老陈关心地说，"打早跑了六十里路，真够劲……"

人们谈论着散开，石得富就同尚生光、石永公和疤虎到区上去了。尚生光一边走，一边告诉石得富：曹区长他们派人送来了信，叫他和疤虎粮站一结束都到游击队上去，他们已经组织起二十多个人了。石得富没说甚么；因为那是下一步的事，眼下的中心工作是粮站。

石得富刚吃上饭，天下起了蒙蒙细雨。村里嚷叫着前沟里进来了军队，沙家店霎时闹哄哄地恢复了活力。人们都出来站在街门上，好像迎接贵客一样,喜眉笑眼朝着沟里望。大群的娃娃乱箭一般奔到沟里去了。忽听见二木匠洪亮的嗓音,在拐渠口全村的中心地点吼叫:

"各家快打扫窑啊!咱的队伍到集场上了,要在咱村里驻啦!"

石得富端着碗叫石永公和疤虎下沟去,帮助二木匠分头领部队的同志号地方,不要让同志们在露天地里淋雨。他自己赶快吃饭,后面要是有部队到沙家店以东或以北去驻,他们会顺便来领粮的。

各家户欢快地腾窑扫炕。全家老小都笑嘻嘻地出来接待着带枪的喜客。石得富端着碗一边吃饭,一边同尚生光和老王出来站在区上的大门外面看。二木匠领着好几个首长,后面跟着一些干部和警卫员,还有很多骡马,从渠里上来了,直端到粮站旁边那座住着好多家贫雇农的地主大院去了。石得富看见早晨在镇川堡葛专员送出去的那两个穿灰军衣的干部,也在里头。

队伍都进了地方,石永公和疤虎高高兴兴回来了。石永公说好些人还认得复员才一年多的疤虎,他在部队上的外号叫"花机关"。

"咱村里住的是分区司令部,"疤虎悄悄对石得富说,"看架势,巩家沟、郝家坪和白家街前头全驻了四、六团……"

石永公喜得眯着眼:"该不是要在堡里消灭敌人吧?"

石得富叫他不要乱想,上级自有计划。应该多想粮站的事情。得富放下饭碗,用手掌揞一把嘴巴,叫他两个同他一块上粮站去,准备着打发粮食。

蒙蒙细雨时下时住。驻在沙家店本村的和驻在前边的分区部队,陆陆续续派人来领粮。整一后晌,村里的队伍都静悄悄睡着觉。二木匠、兰英和银凤们从他们管事务的同志领了要炒的麦子,分配给各家户造着干粮。石得富们在粮站上等着领粮的,随来随发,直至天临黑时再没人来了。他叫石永公核算了一盘子,米麦和马料共出手十七八石。除过拨给野战军的一百石细粮,剩下不到十石了。

"好!"石得富满意地说,想起葛专员指示处理剩下的粮食的办法。"数目不大。"

郝家坪和白家街的群众到沙家店粮站给部队驮粮,说三十六师晌午进了堡里。敌人的警戒线在小河沟口的朱家寨子,坡儿上跑得连一家老百姓都没有了。

石得富从粮站下来,为黑夜打发那一百石粮做准备。葛专员介绍堡里紧急发粮的经验,不用斗盘,而用抬秤挂,按三十斤为一斗计算。草站的谷草已经完了。他们把两杆抬秤都弄到粮站上,又满村借了几盏灯笼,插了灯心,添了油,挂到三眼仓窑里和门台上,黑夜好点。兰英和银凤要求上来帮忙。石得富不要,叫她们下去帮助二木匠支援军队去。回头,石得富又和尚生光商量,不必等区委书记回来,就把所有的人分成两帮。石得富同石永公和疤虎照旧在一块,管发小米。尚生光同老陈和二木匠算另一帮,管发麦子。炊事员老王管灯笼:添油和播弄灯心。责任逼使愣小伙子变成了细心人……

众人吃黑夜饭的时光,区委书记金树旺按时回来了。他走的满身是汗,路上淋了一阵雨,头发像刚洗过澡的一样。他说起身得仓促,草帽也忘了戴。众人高兴地围拢他,他说:

"接到从吴庄转来葛专员的信太迟,只怕误了事。你们准备得怎着哩?"

尚生光和石得富把准备的情形说了一下。

"使得!"金树旺满意,把他的粗蓝布挂包拿下来,说,"报告你们一个消息:昨儿占了绥德的敌人,没顺公路上米脂和镇川堡来……"

"朝哪塔走了?"众人都惊奇地瞪了眼。

"董钊带他的第一师留守绥德,其余五个半旅,刘戡带上今儿全朝黄河畔跑去了。"

石得富大张口惊叹:"啊呀,你们看毛主席的计划好大呀!他把大股的敌人朝东引过去,叫野战军在西面好打三十六师!金书记,你说对不对?"

"对! 就是这个道理!"金树旺高兴地说,奇怪石得富,"这年轻后生怎么有这个见识?"众人把头一天石得成丈母带来关于毛主席的消息,和众人疑惑的情形一谈叙,金树旺笑了笑。他激动地说,"我们时常喊叫保卫毛主席,保卫党中央。如今,毛主席、党中央就留在咱陕北,咱们这回可要不顾一切困难,帮助野战军把三十六师消灭了!"

"好!"人们一个个气壮百倍,只等民工们下来连夜打发粮食。

金树旺吃上饭的时光,天黑了。整一天阴云翻腾,后晌时下时住,到黑夜终于下起了滂沱大雨……

第 十 一 章

漆黑的夜。大雨笼罩了所有的山岗和河沟。窑檐上滴水如流，院子变成了小河。陕北的黄土山路，一步也没法走了。老陈从合作社到区上，沿路滑得掼了好几跤。

约莫快二更天的光景，雨还是一点也不见小。金树旺和石得富两个坐在门槛上，面对着倾盆大雨拉谈。他们背后的方桌上，一盏麻油灯照着不脱衣裳睡在炕上的石永公、疤虎、二木匠和老陈。他们聚集在一块等着民工来打发粮食，金树旺就叫他们抓紧时间睡觉。四、六团在前头，村里又驻着分区司令部，尽管三十六师已经占了镇川堡，众人比头几天黑夜都睡得稳。区秘书尚生光向金树旺汇报过巩家沟那坏种的事件，和老王到另一眼窑里睡去了。

金树旺和石得富谈这几天的粮站工作。实际从十四号起，粮站几乎等于停顿了，大家都在备战。他们谈了沙家店备战的情形，又谈到战事的趋势。金树旺很赞赏石得富叫石永公和疤虎把婆姨娃娃送走。他告诉石得富，这回的仗可能打得很大。这粮站完了以后，还会有新的支前任务的。

"我在柏树隘听说，敌人扬言这回要结束陕北战事。胡宗南只有三个主力师，一师在南面守绥德，三十六师在西面占了镇川堡，九十师今儿从绥德经过义合镇封锁黄河渡口去了。敌人对咱们摆下个大包围阵势，刘戡亲自带三个旅，丢开米脂直扑葭县，追赶毛主席和党中央……"

"啊呀,敌人这阴谋不小啊!"石得富一听,警觉地望着金树旺。

"阴谋是不小,可是分兵冒进,又是个挨打的阵势。"金树旺说,"我不懂军事,听说这一仗打好了,敌人垮下去,就再连一次进攻也发动不起来了。"

"那就是准备不光打三十六师这一股啦?"

"当然了,"金树旺笑说,"你想,咱们要是消灭了三十六师,董钊和刘戡都上来了,他们肯罢休吗? 因此我回来时,郭副县长就给我安咐,说粮站结束以后,叫你们几个还等着做支前工作。这么一来,你不能跟曹区长他们打游击去。石永公他们不能顾各自的家去了。你要好好团结他们,准备完成新的任务……"

"你等一等,"石得富突然转身到炕边去看;石永公腰里盖一块褥子睡着,他又转回门口。

金树旺说:"你急甚么? 等这粮站结束了,我同大家一块谈。"

"不是,"石得富解释,"我是看他盖好了没。他肚不好,今黑夜天道不对,正紧张的时光,他肚疼倒就坏了。你说吧……"说着,依旧靠近区委书记身边坐下来,等着听他进一步的指示。

金树旺像所有党的领导者一样,看见自己领导底下有这么一个把全部注意力都集中到工作上的同志,对同志亲弟兄一般关心,他是多么喜欢。他抚摸着石得富宽厚结实的肩膀,亲热地问:

"你看他们几个在情况紧急的时候,都还能和你一块坚持工作吧?"

石得富略微盘算了一下:"我看行。疤虎没问题,木匠那人也顶前进,胆量又大。剩下永公,只要不犯病,他是个党员,婆姨娃娃也安顿了,更没说辞。只是老陈上了年纪,怕跟不上我们。听说合作社还有些东西要往北面转移,我看粮站完了,叫人家老汉去吧。"

"使得,"金树旺同意,"你只要把他们几个团结住就好了。"

他接着告诉石得富:郭副县长说西面一打三十六师,东面大股的

105

敌人就可能扭头过来。那时从乌龙铺到镇川堡这条路上,说不定哪里会变成战场。金树旺要石得富做好精神准备,克服一切困难支援部队作战。他说:战争的进程到了考验绥德分区的地方干部和群众的时候了。

"我给你说一件紧急通报表扬的事,"金树旺努力在精神上提高石得富,举出乌龙铺后方医院转移伤兵过黄河的例子,"那塔因为年轻力壮的男子汉大部分出去当民工了,通渡口的大路上和大路两旁的村子,从十几岁到四十几岁,不分男女,听见干部号召,都动员起来了。人家一村转一村送,连小脚婆姨都抬担架,有气力的男子汉竟然一人一个地背送伤兵。群众提出口号:不让有一个伤兵留在河西过不去!……"

石得富听得入神:"人家干部的工作做得真好!"

他也把葛专员所说的隔无定河的敌人拿六〇炮,打不散榆林前线下来的民工的豪迈事迹,给金树旺谈叙了一下。石得富眼里含着感动的眼泪,谈到子弟兵四、六团行军过镇川堡的场面。

"金书记,"石得富深沉地说,"我总觉着咱们这军队和人民,真是亲骨肉一般的关系呵。"

金树旺高兴地说:"咱们就要拿这个精神帮助军队!"

大雨一股劲倾倒着,天和地黑得一抹光。金树旺看着雨没一点要停住的样子,焦虑地摇摇头,喃喃自语说:

"困难,困难,困难啊!今黑夜要调动部署的队伍怎么能行动呢?这场雨下得真糟糕……"

"毛主席这阵也不知道到了哪塔?"石得富望着大雨,深深关切地念叨。

"毛主席……"金树旺转脸看一看石得富,想了想,还是告诉他,"毛主席在敌人三个旅的前头,和敌人仅仅保持几十里的距离,从容不迫地在白天公开转移。有乌龙铺来的同志说,毛主席是晌午以后不多一阵才经过乌龙铺往北走的。那里有多少民工挤在街上都看见了。毛主席不用咱担心,他们按他们的计划行动。得富,睡吧,民工们今黑夜是来不了哩。"

"你先睡。我再等一阵,看这雨下到甚时。"

"睡吧,"金树旺站起,此时此地,不像是上下级,而像是亲骨肉,他拉住石得富的手,"这么大的雨就是住了,山路一时也滑得没法行动。你不要白熬夜,明儿好工作。"

他两个睡了的时候,大雨还在继续滴溜溜地下着……

沙家店村里各处的灯火渐次都熄灭了。粮站旁边那座大院的几眼窑,窗纸依然灿亮。从一眼厢窑里时常发出一种好像甚么鸟叫唤似的声音,有时又听见一阵阵嘀嘀嗒嗒的响声。分区司令部的电台通夜不停地和上下级的指挥机关联络——在无定河和黄河中间这一块狭窄的山地里,双方已经集中了多少万主力,这一夜大雨中酝酿着历史性的行动。

雨下了大半夜。半夜以后下小了,又过了很一阵,完全住了。村里有了人们来往和说话的声音,石得富头一个起来。

也许是因为从来没负过像粮站这么大的责任,也许是由于金树旺关于形势发展的谈话引起的兴奋,石得富始终没有睡得很稳。可是他已经连着两夜没睡好觉,眼皮又总往一块粘:迷迷糊糊睡着了,恍恍惚惚又醒来了。雨小了他晓得,雨住了他也晓得。村里一有人走动和说话,他就再也睡不着了。不知道确实的时间,只知道鸡还没叫,他起来点着了灯……

"嘣嘣嘣,嘣嘣嘣",有人敲大门,"区上在这塔吗?"

"喂!在啦!"石得富连忙答应,鞋也不顾穿,赤脚就跑出去开大门。他心里高兴地盘算,"民工们太辛苦了……"

他开了大门。手电光一闪,一个穿灰军衣、背盒子枪的年轻同志进来了。不是野战军带民工来领粮的(他知道野战军里所有的同志都穿黄军衣),从灰军衣完全是干的这一点看来,他断定这同志就是驻在本村的这部分的。

"区上的负责人在吗?"

"我是区委书记,"金树旺也给敲门敲醒来了,已经出来站在门台上,"甚么事?"

尚生光、石永公、疤虎、二木匠、合作社老陈和炊事员老王都起来了。他们都当成民工们运粮来了,一个个跑出来。那同志用手电照了照门台上的人,走向金树旺说:

"我们队长请你去一下。"

"好,"金树旺答应,"等我戴上帽子。"说着进窑里去了。

石得富赤脚站在那同志旁边,打听找区委书记做甚么。众人从门台上下来,也围上听。那同志却不告诉,胳膊一摆说:

"老百姓不要乱打听。"

尚生光解释:"这都是干部,在这塔办粮站的……"

这时金树旺戴着帽子出来,那同志就引着他走了。众人都疑惑地跟着出了大门,见村里很多窑已经点着了灯。部队作伙房的石永亮家窑顶上,竖起了白烟柱。队伍上做饭了。

"队伍要行动。"疤虎有部队生活经验,估量着说。

石永公猜测:"是不是要打镇川堡哩? 云彩朝南退,天像要晴……"

"差不多,"二木匠点着头,"叫金书记去该不是要动员甚么人吧?"

老陈看石得富。石得富一见队伍上做饭,心下也这么盼望。野战军准备打三十六师已经这么多日子了,难道这还不是该下手的时光吗? 三十六师现在过了无定河,在镇川堡集中起来了。可是这一场大雨使石得富焦虑地说:

"只怕野战军黑夜没调动下来……"

石永年家鸡叫了头一声，满村的鸡都叫了起来。夏季夜短，鸡一叫天就快明了。众人估量野战军运那一百石粮食的民工，这时不知到了哪里。石得富想起葛专员说看形势不对时，就把剩余的几石粮食往大路以北各村疏散的指示。难道野战军没运动下来，这分区的地方部队是做战斗准备，提防堡里的敌人出来吗？

队伍吹了起床号。号音不落，各处就响起尖锐的哨子声。村里普遍地点着了灯，上下渠有几道手电光一闪一晃。突然看见下渠里有两个黑影子，提一盏灯笼朝上渠里走来了。众人都探头细看：那是谁们呢？

"兰英和银凤。"石得富首先看出。

"她们这么早起来做甚哩？"二木匠疑惑，"该不是又找我有事？可不是，你看，过这面来了……"

兰英提着灯笼和银凤拐了弯。她们走上石板坡，路一不滑，就欢溜溜地跑上来了。

"怎么个事？"兰英紧张地说，"队伍要退了……"

"你们怎晓得队伍要退？"众人立刻围上她们。

银凤说："我听见我们院里住的同志们拉话，说敌人要来……"

众人一听全愣住了，在兰英提的灯笼的微光中互相看着："这股敌人怎这么疯狂？"

尚生光问银凤："你听清楚了吧？是敌人要来哩？还是野战军要来，四、六团给他们挪地场哩？"

石得富说："你说一说你怎么听见的？"

"是敌人要来！"银凤毫不含糊，"我听见有人敲大门，起来开门时，见有一个背枪的同志，给我们院里住的队伍送一张单单……"

"那是传命令哩。"疤虎插嘴说。

"对，"银凤说，"看罢又拿走了。我回窑里去时，到门台上就听见我们隔壁窑里的队伍拉谈,一个同志说:'嘿,三十六师好快呀!还往这里跑?'又一个同志说:'他们知道咱这个队伍还不是他们的对手!'……"

这一细说,是真确的了。可是敌人这么急过来是甚么意思呢?众人首先想到粮站,都推测敌人占了镇川堡一座空城,会不会来沙家店掳粮呢?这场雨下得民工们没来得了,众人真着了急。兰英和银凤说她们正是为了这,跑上来通风报信。……

石得富叫众人不要慌张。他说:"不管怎么,我估量敌人天明才敢出发,到这塔最快也得半前晌。只要民工们下来,即便队伍撤退了,敌人没到村里,咱们还是照堡里昨儿的样打发粮!怨这场雨下出这个困难,有甚么说头。"

于是他告诉众人区委书记黑夜给他说的乌龙铺医院转移伤兵的情形。

"你们看人家那塔的干部和群众怎么克服困难吧!"他问众人,"人家出民工的在前方上没明没夜,饱一顿饿一顿,那有多困难?咱们几个干部在村里办这么个粮站,碰上这点困难算甚么?"他对石永公和二木匠说:"不要光往好处想,碰上困难才不会慌。难道队伍撤退了,谁能把粮站搁下跟上跑啦?"

"那还用说!"好几个人说,一个个对东面的群众转移伤兵显出钦佩的神情。兰英和银凤更是啧啧赞叹那里的妇女帮助军队的精神。

二木匠要石得富放心,不管怎么危险困难,总要帮他们帮到底,不能丢下他们跑了。

"我不模范,这回就要跟你这个模范学!……"

石得富说:"咱们尽咱们的力办,只要对得住毛主席和人民,即便粮食损失了,那也就没办法了。过一阵金书记下来,不管是甚么情况,咱们谁也不能显着慌张。不要叫金书记对咱没信心,好不好?"

"好!"众人一致答应,其中也有石永公的声音。

石得富对老陈说:"你老人家不能和我们比。黑夜我就和金书记拉谈来,你该管你看照咱合作社转移的东西去吧。"

"不,"老汉坚决地说,"转移的东西我黑夜上来时就打捆就了,叫张明正背上走。我留下也看照合作社坚壁的东西,也帮粮站的忙!"

"那么就是了。"石得富说,"尚秘书,咱们也做饭吧。民工一来没空吃了。"

兰英和银凤听着,深受石得富感动。她们齐声告奋勇说:"我们帮老王做饭!"

战争中间,情况是千变万化的。沙家店村里的队伍吹了吃饭号。满村人来人往的时候,众人挤在区上的窑里听区委书记报告:

"分区司令部接到敌情通报说:三十六师一部分要从镇川堡东进到乌龙铺去,同东面北上的刘戡会合。由于大雨耽搁,咱们野战军黑夜运动不下来,四、六团奉到命令撤离沙家店这条大路。大雨把给野战军运那一百石粮的民工,阻挡在五十里以北的吴庄区了。估计到民工们即便能赶到沙家店,也来不及装粮,葛专员知道分区司令部在沙家店驻,就打电报叫他们转告我:民工们不来了。……"

"啊呀!"众人忍不住沉重地叹口气,"那么这粮食怎办呀?"

石得富说:"不要叹气,听金书记说完!"

金树旺继续报告:"葛专员来电叫尽力动员大路以北的群众来疏散粮食,疏散了多少算多少。电报里说:要是到天黑时敌人不占沙家店,粮食也没遭到敌人的破坏,或没破坏完的话,一方面继续动员群众疏散,一方面派人到柏树隙去报告,必要时再拨民工来运。吴司令员和高政委指示:管理粮站的干部要吃点苦,胆大些,敌人来了不要跑得太远,敌人一过,就回来看粮食是不是破坏了。得富,"金树旺说，"昨黑夜我已经和你谈过，现在，考验我们的时候已经到了。你有没有信心完成这个任务？"

石得富问众人："怎么样？才将说的话算不算？"

"算！"众人齐声说，"怎么不算？是这么个情况，就是没这粮站，咱们家全在这塔，能往哪塔跑哩？"

金树旺喜欢地问石得富："你和众人拉谈过了吗？"

"嗯，"石得富答应，指着兰英和银凤说，"她们上来说队伍要退。你快说怎么动员人吧！"

"好！"金树旺满意地点头，随即吩咐尚生光立刻去五乡动员，二木匠去巩家沟乡政府，叫沙家店的乡长和支部书记一个去四乡，一个去六乡，然后回来帮助粮站。老陈年老跑不动，去石家圪崂近一点，和那里的村干部动员罢人，就不必回来了，"大家马上起身！"

尚生光说："区上的东西应该收拾一下……"

"你不要管，"金树旺说，"得富、永公和永凯在运粮的来以前，帮助我收拾。我等最后和老王带上文件材料，到五乡狮子塄乡政府。暂时区上就在那塔办公，有事都到那塔来联络……"

尚生光、老陈和二木匠都起身了。兰英和银凤，卷起袖子就洗手，帮助老王做饭。金树旺想起还应该和曹区长他们联络一下，就叫石得富和石永公先收拾区上，他写信交疤虎找人赶紧送到二乡牛圈塌去。

大家忙得忘了一切。不晓得甚时鸡叫二遍，天越来越明了。队伍吹了集合号，统统下大沟里去了。疤虎找人送起身信，上来说四、六团顺沟进来，所有的队伍统统离开大路，经过石家圪崂往北去了。

第 十 二 章

队伍一撤,老百姓就有些紧张了。沙家店村里有些人家天不明做下饭,没工夫吃。有些人家根本没顾上做饭。家家户户急忙收拾着坚壁剩下的东西。尽管平时都觉着自己的东西并不多,到这时光就显得不少了——铺盖衣物和家什用具,庄户人过日子短不了的七零八碎,连一个桑条编的筐子都不长余。人们甚至于把锅和风匣也拔起来,填进暗窑或地窑里去了。二木匠从巩家沟乡政府回来,说队伍撤退以后,天一明,巩家沟的人也已经跑开了。可是沙家店全村都瞅着区委书记,到他离开沙家店的时候,他们才会往鸦窝沟去藏,或是往队伍撤退去的石家圪崂以北转移……

这时,区上已经收拾停妥了。所有的文件材料,墙上钉的全区各乡各村的干部、人口、土地、劳力和畜力的统计表以及全套伟人像,都打捆起两大包放在那里。石得富、石永公和疤虎把桌椅板凳和区干部的行李,捎到左近的暗窑里分散开寄放了。兰英和银凤已经帮老王做好饭,众人正吃着。二木匠回来把本村的情形一拉谈,就说:

"金书记!你迟早终要走,我看你不如吃了饭就起身。叫男女老小早些离开。"

"不!"金树旺镇定地说,"我要等背粮的群众来了,帮你们一块疏散粮食。敌人来了,咱们一齐走。"他端着碗转向兰英和银凤:"你两个快去告诉众人,叫他们不要看我的样子。完了你两个马上回来吃了饭,和众人一块早些走吧。"

她们一扭头就走了。二木匠、疤虎和老王夸奖这两个女子真有股劲儿。村干部和得力的群众都支援前线回不来,她们这回可顶了大事。

众人刚吃罢饭,还不到平常庄户人的早饭时,离沙家店最近的石家圪崂来背粮的就来了。老老小小统共五十来个人,拿着毛口袋和背绳,由他们的行政主任带领着,乱杂杂地进了拐渠。这时从郝家坪一带跑进来由沙家店折转往石家圪崂以北跑反的人,说堡里的敌人已经出了发,从朱家寨子进了这道大沟。沙家店的男女老小听了兰英、银凤和旁的妇女组长的通知,知道区委书记要和粮站的人一齐走,也开始拖儿带女的,提包袱背口袋的,赶牛拉驴的,一群群一伙伙都走了。

金树旺叫二木匠到沙家店南山上去放哨。石得富同石永公和疤虎一块上粮站去打发粮食了。区委书记自己帮助老王最后清查了一下区上,打发老王背着文件和材料起身,吩咐他把这些东西交给尚生光在狮子塄乡政府等他。老王走后,金树旺才上粮站去。在坡上他看见一个五六十岁的老婆婆,一只手提着一件棉背心,另一只手提着一个装得鼓鼓的小布袋(显然是干粮),颠着小脚,撅着屁股,欢溜溜地往上走。金树旺追赶上了她,说:

"老人家!人家都到鸦窝沟去藏,你上这里来做甚?"

"我是石永公的娘,"老婆婆喘着气,"我给他送些干粮,还有件背心。他肚不好,怕一早一晚凉……"一边说一边还是急急忙忙往上走。

金树旺说:"老人家听我的话。东西给我捎去,错不了的。你早些走好。"

"我还要给他安咐几句话……"

"他顾不上同你说话,"金树旺赶在老婆婆头前,侧着身子跟着她走,给她解释,"那么多背粮的,你连跟前也挤不到。你认不得,我是区委书记,叫金树旺。你给我说,完了我告诉他,误不了的。你快藏去吧。好老妈妈,敌人快来了,你不知道吗?"

"不怕……"说甚么老婆婆也不听,只管她往上走。石家圪崂家有装起粮的背着下来了,而下渠里又上来一大群拿毛口袋和背绳的群众,金树旺一问,是四乡芦草圪塔。上来的和下来的人挤满了路,把老婆婆挤得身子完全贴了墙。她连一步也挪不前去了。有认得她是石永公娘的,也劝她快去藏,她还是不听。金树旺一想:她准是要告诉她的小子甚么要紧东西藏在哪里,甚至于就在那小布袋里装着。他就不劝她了,想连忙上去替石永公记账,让他出来接了去。

粮站院里尽是人:有的在仓窑里领了粮,出来在院里套着背绳,另外的一帮正领,新来的又拥进了大门。金树旺站在门台上组织群众。他喊叫后边的在大门外面等一等,免得大家拥挤起来更慢。他走到那一进三开的仓窑门口上,见中窑脚地上石得富和疤虎汗流满面地过秤。石永公在旁边记账,写下每一个领粮的人名和所领的粮数。在东西两边的仓窑里自动装了粮从腰门出来的人等了一圈,而旁边还有一杆抬秤却闲着。金树旺一看这情形,就说石永公:

"来我记,你妈在外头来找你安咐甚么。赶紧说罢回来咱们拿两杆秤过!"

"石清海、米一百零五斤、合三斗五升,"石永公一边嘴念一边手记,他一听着急了,"啊呀!怎么她还不走哩?"

说着忙把纸笔交给金树旺,从人群里拼命挤了出去。石得富惋惜地咂着嘴:老婆婆早不来,偏偏紧张的时光她来了。疤虎一边抬秤,一边嘀咕着石永公家庭观念重,就受他娘的影响……

"有甚要紧的话这阵还来安咐?"

"不要说了,"石得富仔细看着秤星,"石清河、米九十六斤、合三斗二升!"

金树旺写字比石永公快,刷刷几笔就记上了。他照样用土码子记数。他一看他一个人也来得及记,就叫背粮的群众自己抬秤,他看秤星。两杆秤同时过起来快,争取时间疏散,尽可能让已经到了沙家店的群众,不要因为敌人来了而空手回去。窑里院里的群众一致大声叫好。他在这里坚持而又亲自动手的精神,吸引了许多群众敬佩的眼睛,石得富和疤虎干得更加带劲了。金树旺这样做的时候,镇定如常。他要把昨黑夜教育石得富的,今天做给他们看。

霎时有石家圪崂石成元老汉,年纪已经五十挂零,装了满满一大毛口袋出来。他靠自己两只胳膊的力气提不到秤钩上去。石得富看见不行,一过秤竟有一百二十几斤。显然那是一条能容四斗的口袋,老汉又抖抖擞擞把它塞得鼓鼓。众人全说他背不动。石得富说:

"好你哩!你这么大年纪,有三斗尽够你背了。在半路上把你压得趴下,敌人一来全撂了。快去倒下些,另过!"

老汉感动地看看金树旺忙着看秤的样子,倔强地说:"落账吧!压得趴下,我起来还要把它背回去!"他说着,咬着牙,吃力地抱着那圆胀的毛口袋一步一步挪出门去了。他还大声宣传叫众人尽力量多背……

金树旺拿着纸笔向众人说明:老汉的这种精神是好的,可是大家不要勉强多背,因为敌人可能很快要来了。一切要实事求是,不要超过实际可能。他说着又向旁边的人叮咛:

"在路上见他不行了,你们帮助他一下。"

"不怕!"众人齐声说,"我们丢不了他,快过秤吧。"

石得富把石成元老汉领的一百二十六斤粮报了,金树旺写着账。两杆抬秤同时过起来。过了一阵,石家圪崂家打发完了,芦草圪塔家进来领粮的时候,石永公才从人群里挤了进来。他手里拿着棉背心和干粮口袋,一见区委书记一个人又看秤又记两面的账,忙得抬不起头来,他脸上就显着不自如了。

约莫又疏散了一顿饭时光。高家圪崂和艾家渠两村背粮的剩下不几个，在山上放哨的二木匠大撒腿跑了下来："敌人到了巩家沟，只剩五里地了。"

金树旺问："敌人走山？走沟？"

"一道大沟进来了！"二木匠气喘喘地说，"黄煞煞的一沟，前面一股可快！"

"那是尖兵！"疤虎给大家解释。

金树旺说："不能疏散了，赶紧收拾！"

已经装起还没过秤的人把粮食倒下，提溜了空口袋跑了。二木匠和疤虎扫着撒在脚地的粮。金树旺和石得富拿了印板，往两面仓窑的粮堆上打印。然后四个人分两头格吧格吧上插板。石永公在那里匆忙收拾着账目手续和笔砚，打捆成一个包包。最后，石得富锁了门，从石永公手里要来账包包自己抱着，五个人连忙下拐渠。

这时村里除过他们五个，已经再看不见一个人了。突然到半渠里听见一个老汉急促的声音：

"快跑啊！快跑啊！敌人到前沟里了……"

众人仰头一看，是七十多岁的石清良老汉拄着棍站在街上，胸脯上垂着他那一簇引人尊敬的白胡须。石得富和二木匠齐声忙问：

"你老人家怎不躲一躲？"

"不要管我，你们快跑啊！"老汉催促着，神情和话音里只表现出一种对别人的关切。

金树旺问："这老汉平时表现怎么样？他不跑是甚么意思？"

"好贫雇农，"石得富走着说，"他的二小子二耐儿参军在警备四团。他不躲大约是怕上崖窑不方便，许是觉着他那么大年纪，留在家里不要紧？"

金树旺说："你这么平淡地说这件事，不好。应当说，我们大伙忙忙乱乱，没顾得上检查备战工作，所以没想办法把老人家转移走。

我们对二耐儿同志有责任,是不是?"

"啊呀,快跑!"石永公只注意前沟里,敌人的尖兵远远地露了头,他一喊叫,撒腿就不见影儿了。

众人见敌人果真到了石永正家菜园子下面的河沟里。可是金树旺只加快了脚步,众人怎好意思绕过他头前跑呢?他们跟着他一闪绕过小街的一排房子后头下了大沟,在河道拐弯处过得河,顺着一道小沟进了山,然后转到沙家店西北面山上的一片高粱地里蹲下来。早到了的石永公凑到跟前来,脸上又一回显得怪不好意思。

敌人的尖兵看样子有一排人,进了沙家店那条空荡荡的小街。他们没有停,一边走一边东张西望着,嘴里咕噜着甚么,顺大路一股劲朝东北走了。高粱地里五个人透过高粱枝叶的空隙,悄悄盯着那些头戴美式船形帽,下穿半截短裤,不像中国人打扮的胡匪兵,由一个戴美式大盖帽穿长裤的领带着,向沙家店以东大路上的张家坪走去了。

带着各种美国武器的敌人的大部队到了沙家店。一队一队的人和牲口从前沟里进来,穿过沙家店的小街,长蛇一样在弯弯曲曲的大路上伸进了后沟。那些洋里洋气怪不顺眼的士兵,满身是武器、子弹和背包,刺刀和水壶叮叮当当响着过去了。驮炮的骡马过来了,炮筒子在鞍架上吱咯吱咯地叫唤。接着是骑马的敌人,有些戴着黑片眼镜闪着亮。他们的后面又是一队一队的步兵,两面望不到头尾了。

二木匠低低说:"敌人要是全不停留,这粮食今儿许不要紧哩……"

"等看后头来的敌人怎么样吧。"金树旺低声说,掉转脸见石得富蹲在那里重新捆着石永公在急忙中没捆好的账包包。"得富,不要弄了,让他们两个看着,咱们翻过这个墚,算一算刚才疏散了多少。"

石得富搂起账包包,叮咛二木匠和疤虎不要乱走动,以免给敌人发现,就同石永公跟金树旺一块走了。

他们上了墚,就在墚顶上一堆丛茂的桑条林里算账。金树旺低低念数,石永公打算盘,石得富蹲在跟前两眼盯着他的手指头,看他是不是拨错了算盘珠子。沟里是鼓噪而过的敌人,天空中有时掠过敌人的飞机。当飞机从头顶上空过的时候,石永公不由得仰起头看一看。石得富说:

"只管打你的算盘。这么一堆桑条林,飞机上能看见你吗?"

算的结果:统共疏散了二十三石多粮食,仓窑里还堆着八十多石。那就是说:相近两万战士一天的口食,还在危险中。

"好吧,"金树旺舒了口气,"恐怕葛专员或郭副县长有事找区上。我现在就要到狮子堎去了。我告诉你们:四、六两团在狮子堎和马家墚那块睡觉。不要骇怕,到明儿敌人就再不能这么猖狂了。你们留下看照这八十多石粮食,能抢救多少就抢救多少……"

石得富捆着账包包,深深地被区委书记这一天作出的榜样所感动。

"你只管放心!"石得富保证,"只要粮食还有一斗能抢救出来,我们都要尽力抢救。你找不到小路,我们谁去送你一截吧?"

"不要,大路以北又没敌人,我只直端朝北走就对了。"金树旺说着,还是同他们谈粮食的问题,"吴司令员和高政委早起告诉我,现在粮食就是胜利,粮食就是战士们的性命!我希望你们能坚持到底,只要可能,黑夜或明早我还要回来。"他说着,看看石永公,"我看你有些沉不住气,你能同他们一块坚持到底吗?"

石永公显得尴尬:"我没上过前线,没经验。金书记,我家在这塔,我往哪塔跑?"

"不对!"石得富说,"这时不能提家了,金书记才说的甚?破命也是为粮食!"

"是的，"金树旺严肃地说，"你不跑不是为顾你的家！你妈给你安咐了半天甚么？"

石永公和平时期的稳重呀，老练呀，细致呀，现在最后暴露了是不行的。他窘迫地说，"就是为我的肚疼病嘛！得富，你该清楚我妈吧？她还要上来给你安咐，我硬说得她走了，才说了那么大工夫。金书记放心，有得富在一块，我总跟到底就是了。"

"是，"石得富向区委书记证实，"他娘就是那么个人。有我们几个，他能支到底。"

金树旺相信了。最后他告诉了他们应该注意的几点，才起身了。他们送了他一截，指了路，直至望不见他才折转下来，二木匠却大口喘着气跑上来了：

"毁了！毁了！坏种引的百十号敌人，在咱村里停住了。到处捉没带走的鸡，打家劫舍，满村乱跑。粮食这一下完了……"

第 十 三 章

两天以来急剧变化的情况,使人们都把跳茅坑跑了的坏种完全忘了。自十五号早起就好像在人世上不存在了的这个家伙,当胡匪三十六师一占镇川堡,他仿佛从地里头钻出来似的,又出现在堡里的街上了。远在十年以前,一九三七年八路军初开上来的时候,这坏种就说过:"宁听日本大炮响,不听八路叫老乡。"他终于等待到十年后的这一天,加上三天前他在沙家店新结的仇恨,他跟着百十个敌人到沙家店来做甚么,是可想而知的了。

石得富和石永公连忙跟二木匠下到高粱地里一瞅,满村的敌人这家大门出来那家大门进去。区上的院里和粮站的大门外面也已经有了敌人。疤虎提着他按部队上的习惯打的背包,凑到跟前来,气得麻脸铁青,低低说:

"敌人进了粮站院里,好像听见砸门的声音……"

石得富咬牙切齿问:"坏种哩?"

"是他引着敌人去的! 好像把清良老汉也拉上去了……"

可惜! 人的眼睛透不过高墙,不知道敌人在粮站院里正干些甚么勾当。敌人会不会放火烧掉那八十多石粮呢? 石得富悔恨那黑夜他自己坚壁东西时的疏忽,完全忘记区上押着一个反革命犯人,让坏种跑了,竟招致了这样糟糕的后果。要是他自己在紧张时,也像金书记这样从容自如,当时村里是能找到人看犯人的。唉唉!

"狗日的坏种!"他恨恨地骂道,"不信你长两颗脑袋。消灭了敌人,可看你!"

二木匠说:"拉上去清良老汉,说不定要拷问咱们朝哪塔跑了。"

"准是!"石永公被提醒了,说,"老汉准抗不住拷打。我看见他一眼瞅着你们往这西面山上爬来。咱们不如退上一颗山圪塔吧!那坏种狗日的心可毒,敢引上敌人捉咱们……"

石得富说:"你两个先拿账包包到后面山圪塔上,我两个看着!"

"球!"疤虎粗鲁地说,"我一个看着! 得富,给我分上一颗手榴弹,你走! 有三颗,敌人过来,我掩护你们跑!"

正说话中,一小股敌人上了沙家店村上头的山,又一小股敌人上了村对面的山。石得富一看不好:敌人到山上就和这里一样高了,他们离开这高粱地时容易被看见。

"全走!"石得富说,"退上一颗山圪塔保险些。这塔太近,说话声高一点村里就听见。"

疤虎不同意:"敌人又不长翅膀? 见他们上这面山来了,我再跑也不迟!"

"你听我的话,"石得富严厉地说,"咱们眼下的任务是照看那八十多石粮,不是打仗。敌人放火烧粮食,后面山上也能瞭见。咱们没来由冒险。走!"

石永公和二木匠也叫疤虎听话,四个人在高粱林里钻上去了。

他们到了刚才送金树旺走的那山圪塔上。现在望不到沙家店村里,连粮站的院子也给前面的高粱地遮住,光露出仓窑顶的一角。石得富叫众人在谷林里蹲下来,只见那两小股敌人占了村左右的两颗山圪塔,分头朝着东南的泥沟子和西南的郝家隘方向。疤虎说那是村里的敌人派出去的警戒,并不是上山搜寻的意思。他还要下高粱地畔上去,从那里他可以看见全村。这个残废了一只胳膊的复员战士显得那么不能忍耐敌人的猖狂,他甚至恨不得撇下一颗手榴弹去,叫他们慌乱一阵。石得富反对他的鲁莽,告诉他"粮食就是胜利,粮食就是战士们的性命"的指示,不让他惊动敌人。

四个人八只眼盯着粮站的那一角,从那里始终没冒起烟来。难道这百十个敌人正是得到坏种的报告,从堡里专门派来搞那八十多石粮的吗?难道胡匪三十六师真有那么猖狂,竟敢让一半个连队黑夜盘据在这里吗?

渐渐到晌午的时光了。

这时是阴历七月初二,虽然过了"立秋"的节气已经十来天了,可是到晌午还是很热。黑夜下过饱雨的地上,日头晒得蒸着汽,似乎更热了。早起吃了面,又忙乱了一前晌,众人都渴得口干舌焦。石得富一连几夜没睡好觉,竟淌起了鼻血。他低着头,让血滴到地上,伸手要石永公从账包包里扯一块空白纸,揉起来填住了鼻孔。众人劝他到山神庙圪崂去歇一歇,同时叫兰英和银凤她们朝那里的人家借些绿豆,熬些汤众人喝。石得富却叫石永公和二木匠两个人去,他和疤虎留在这里照看。

"你们喝罢给我们提一罐来就对了。"石得富说,用手指按按鼻孔上被鼻血染红的纸球。

二木匠说:"你和永公去吧,我和疤虎照着。看你那眼红成甚样子了!"

"啊,"石永公捆住账包包,一看石得富眼珠子也罩着血丝,"是上火了,再不当心,怕还要烂眼。你到山神庙圪崂去歇一歇吧,这一晌午晒得你火越大……"

"不要紧!"石得富哪里肯听,他另揉了一颗纸球替换那被鼻血渗透了的一颗,填在鼻孔上说,"把账包包拿上快去吧。叫多下些绿豆,好败火。"

石永公和二木匠知道石得富的脾气,见说他不听,就不再耽搁时间了。二木匠问疤虎的背包要不要带到山神庙圪崂去。疤虎尽顾他观察着南山上那约莫是两班敌人的动静,只摇了摇头。他们走了。

没多少时光,他们都返回来了。石得富瞭见后山墚上的谷地里,有两颗人头一冒一冒露出来。他一伸脖子见是他们,好不奇怪:出了甚么事呢?莫非另一路敌人由堡里从后山插过来了吗?看着看着,又见有两颗女人头,好像浮水一般在起伏的谷穗浪里飘动着。兰英和银凤!接着冒出合作社老陈苍白的头。他们都来了。

石永公和二木匠到跟前了,每人提溜一个罐子。

兰英和银凤早在山神庙圪崂给他们熬下绿豆汤,老陈在石家圪崂山里看了一阵大路上过去的敌人,也转转弯弯到了那里。石永公和二木匠去了,从那里的人家找了两个现成罐子,给兰英和银凤盛了汤,他们提来了。

石得富很高兴她们自动给他们熬下了绿豆汤,可是他批评她们不该脱离群众跑来。

"她们众人尽说坏种搬了国民党兵来,不知怎么糟害咱村里呀,"兰英认错地说,"等你们喝罢汤,我们就提罐子回去。"

"你怎淌起鼻血了?"银凤蹲在谷林里,心疼地瞅着石得富填了纸球的鼻孔,周围糊着血。现在她甚至在众人面前,也不掩饰她和他的亲热关系了。她掏出自己擦汗的手巾不再叫兰英转交,直接伸给他,"唔,接。给你擦一下,完了我拿去洗……"

"想不到坏种有这一着!"老陈一手拿烟锅,一手拄棍上来了。

石得富接住银凤的手巾,对老陈说:"你老人家为甚不款款在那塔歇着呷?万一敌人上这面山上来,你跑动啦?"

"不怕,这塔离大沟还很一截,我心焦得不行。你们快喝汤吧。"

二木匠早给石得富舀来一碗,石永公端了一碗送给疤虎。疤虎像一个尽职的哨兵,坐在他的背包上,专心一意监视着南山上的敌人,同时留心着粮站仓窑的那一角冒不冒起烟来。晌午的日头直端照着这山圪塔顶上,众人在谷林里吃绿豆汤。

三十六师是胡匪三大主力之主力，抗日战争期间就担任反共最前哨，经常驻防边区南面的洛川一带，专门对边区进行袭扰，部队里的反共教育也最深。胡宗南进攻延安以后，这个师更成了最骄横的一股，进攻最疯狂。远的不说，光是最近两个月里头，他们就钻过两回陕甘边界的大森林，过过一回长城口外的大沙漠。这回自以为出奇兵援救了榆林，又狡猾地占了镇川堡，气焰更高了。

这一天从镇川堡直奔乌龙铺与东面北进的刘戡会合的，是一二三旅，约有三千多人马。他们竟敢单刀直入，沿着一条大路冒进，半前晌从沙家店过起，直到晌午以后，全旅人马才断断续续地走尽。由于坏种的勾引在沙家店停留的那百十个敌人，最后也随着大队朝东去了。

隐蔽在大沟以北山头上照看粮站的人们吃罢绿豆汤。兰英和银凤一人提一个罐子，同老陈回山神庙屹崂去了。南山上那两处警戒的敌人撤走以后，石得富们到高粱地畔上去看，村里已经没有敌人，前沟里也不再进来了。石清良老汉一个人在拐渠口上朝他们所在的地场张望。他们就一个个大胆地钻出高粱林，站在崖畔上去。

"还不赶紧回来？"老汉连忙招手，"看敌人把咱村里糟害成甚样子了？"

石得富当下把账包包交给石永公，叫和二木匠留在山上，一个注意前沟，一个注意后沟。他和疤虎下村里去问老汉敌人在村里的情形。这回疤虎把他的背包交给了二木匠，两个人就空手跑下沟去了。

他们跑到村里，清良老汉拄着棍迎面颠来，一只手扶着显然被打肿的半面脸。

"土匪！真是土匪！"老汉连连地摇头，憎恨地说，"敌人清了几十家，锅、风箱都给捣稀烂。有几家的暗窑也给寻见了，值几个钱的掳了个光，剩下的掼了一世界。有五六家党员干部，坏种引上敌人连门窗都给捣毁了……"

石得富只问:"粮站哩?"

"公粮没动,捣开门看了一下……"

"为甚哩?"

"敌人说那粮食他们后头来的'国军'要吃,叫坏种派人给管住。……"

疤虎捏着两颗拳头:"好猖狂的敌人!"

"那坏种哩?"石得富急于知道全部事实,只问,"坏种说甚?他哪塔去了?"

"敌人还没走,他就朝前沟里奔了。敌人说,他要是把这些粮食管好,往后就委他当咱这区的联保主任。他恨不得趴下磕头,死央活告叫敌人不要走,上左近山里搜寻你们,他黑夜回村里找人来经管粮食。看那情形,敌人也是没估量到这塔还有这么多粮食,说他们这一部分全要朝东开,叫坏种快到堡里去报告……"

老汉叙述到这里摇了摇头,担心着坏种很有可能赶天黑又搬来一股敌人,那些公粮多半是没指望了。他一句不提敌人打他的事,只叹息着村里被糟害成这个样子:"往后众人回来怎么过日子呀?你们赶紧看你们的家去吧!"

"不要紧!"石得富劝慰他说,"把敌人消灭了咱另置! 只要公粮保全住比甚么都要紧! 大爷,我们先上粮站看一看,等下来再和你拉谈。"说着转向疤虎,"虎叔,快走! 不要生气了,光生气没用!"

他们一道到渠上来,这里一堆小米,那里一摊面,纸囤子扔在路旁。从大门口看见,满院撒着女人娃娃的红绿衣裳、鞋袜和打碎家什的碎片,有带领民工走了的农会主任石永发和妇女主任石兰英家。走着走着,忽见疤虎的暗窑也给寻见了:他和婆姨用复员费做本钱逢集摆小摊的货箱子,被捣得五零二落,东一块西一块扔在院里,那点零星货不用说是给抢光了。疤虎站住看着,气得麻脸发抖,两眼冒火星子:

"好狗日的坏种！再捉住你千刀万剐！"

石得富拉他一把："消灭了敌人看他再往哪塔跑！快看粮站去吧！"

他们到粮站上一看，原来的铁锁已经被捣烂扔在门台上。门环上挂着一把不知从哪里另弄来的铁锁。

"嘿！狗日的倒满会经管！"疤虎从院里抱起一块石头就要往烂砸那把锁。

"不用！不用！"石得富拦住他，"捣烂咱又哪塔去找锁？就是找到，敌人来了还不是又要往烂捣？款款叫锁着去，咱们从门缝里瞅一瞅。"

两个人从两边的门缝里一瞅，中窑里的丁字过道上依旧摆着簸箕、升子和斗，那两杆秤也还在窑里立着。石得富又要瞅两边仓窑的粮食堆，可是因为防备麻雀钻进去用席片钉了的窗子，离门台约有两人高低。疤虎蹲下去，让石得富站在他肩膀上去看：不错，米麦都原封没动，还是他们走时打的印子。

现在这八十多石粮已经是两个主人了。

"就怕坏种赶天黑搬来他老子们！"石得富从疤虎肩膀上下来说，"要不来，天一黑粮食又是咱们的！虎叔，走！"

他们出了大门，清良老汉一颠一颠又上来了。

"你上来做甚？"石得富迎面挡住老汉，想起金书记的批评，说，"看敌人把你打成甚样子了？我们扶你上山，送你到山神庙圪崂去躲一躲吧。那塔有咱村里好几个媳妇女子们，能照护你。你在村里停不得，敌人再来没好事……"

"不！"老汉坚决地摇头，深深地被他们这种只顾公粮而不顾自家的精神所感动，眼里漂着泪花，沙着嗓子说，"我谁也不拖累谁！我七十来回的人了，还有多少年活？敌人打死我，这一辈子就算完了。打不死我，坏种勾引敌人来做下甚么坏事，等你们回来，我给你们说!"他用袖口揩去了淌在他被打肿的老脸上的眼泪,"你们只管办你们的工作!……"

石得富感动得不知说甚么是好。疤虎盯着老汉浮肿的腮巴子问:"敌人为甚打你?"

"为甚?"老汉气愤地说,"敌人拉上来问我管粮食的甚时跑的?朝哪塔跑了?我装聋说我不晓得。坏种狗日的说扇我几个耳刮子,我就不聋了。敌人就打,他也打。打罢又问,我还是不晓得。坏种就报告敌人:我的二小子早先是民兵,后来参了军。那狗日的还说我是你们故意留下的探子,叫敌人一枪毙了我。……"

"嗬!"疤虎恨得咬牙,"这坏种肚里装这么一副黑下水!?"

"那么敌人怎没听他的话哩?"石得富问。

"他们看我是个跷腿不离拐棍的死老汉,还怕打枪惊动了他们自家……"

"走吧,"石得富一听担心地劝说,"坏种心太黑,你留下危险,我们背也把你背到个稳妥地场去。"

"不!"老汉是个头割下脖子还直着的硬骨头,"不怕!他狗日的说我是你们的探子,我就当你们的探子。你们看了粮站快走吧!"

高低说不听,石得富和疤虎只好带着对老汉无限的尊敬,离开了他。他们又转身看了看,粮站旁边的大院和区上的院里因为是早先跑到榆林的"积善堂"财主的,一点也没破坏。到渠口上,疤虎提议再到石得富家里去看看,石得富不去。一则是看也没用,二则石永公和二木匠在山上等得很急。

到山上,石得富把情形约略给石永公和二木匠说了一下,两个人把坏种和敌人的残暴恨入了骨髓。石得富没回家去看,石永公和二木匠在山上看见他的窑已经没有了门窗,只剩了一个个黑窟窿。石得富叫他们不要为家舍的遭劫难过,赶天黑粮食能保全住最好。

整整半个后晌,他们在山上密切注视着前沟里再进不进来敌人。

直到日头临落山时,大路上连一个人影也没出现。坏种在去堡里的路上给前面各村的群众逮住了呢?还是到堡里的活动并不顺利呢?不管怎么,石得富先打发二木匠到山神庙圪崂去,赶紧吃了饭到狮子塄报告,并让兰英和银凤给他们送饭来。

"叫她们多带上一个人的,我们带下去给清良老汉吃。"

"这么办吧,"二木匠说,"把我的饭送给老汉,我给她们说罢就走。金书记保险等得急,我到狮子塄还没口饭吃?"说着,跷开他那两条鹭鸶腿就走了。

战争一来,地方干部忙得没了尿尿的工夫。二木匠从沙家店起身的时光,金树旺早不在狮子塄了。

他到那里一雾时,郭副县长就从柏树隘来了信,要他火速到艾家渠召集所有在大路以北的区乡干部开会,布置新的紧急任务。因为随军担架只能管了火线附近的地区,马上要开始组织各村群众短距离的转运担架。任务的重要性随着情况的变化而变化,现在,抢救沙家店那八十多石粮的事,已经被组织转运担架的任务挤了下来。

要打仗了。

二木匠刚从山神庙圪崂下了沟,朝石家圪崂去,就被不知哪一部分野战军的侦察员扣住了。盘问了一顿,到石家圪崂村里有人证明了,才放走他。他到狮子塄天已断黑,睡了一天的分区部队纷纷向东开拔了。他摸到五乡乡政府窑里,只有老王一个人在那里蹲着。是金树旺留下专等二木匠来联络的。互相一说情形,二木匠哪里有工夫吃饭,站在水瓮跟前呱呱喝了半瓢凉水,两个人就一块往艾家渠跑了。

他们到艾家渠一看,一色穿黄军衣的队伍遍地都是。野战军已经下来了。黑糊糊的夜,乱杂杂的人,谁也找不到谁。队伍是刚下来的,骡马牲口都停在沟滩里,村干部忙着领部队号地方,老百姓忙着并窑,东打听西打听,好容易找到这村里的行政主任。他屁股后跟了好几个同志,忙得连说话的工夫都没有,只匆匆告诉老王和二木匠:所有的区乡干部开罢金书记召集的会都走了。他们是流动的,走了一村又一村,尽一夜也许找不上他们。至于动员群众去沙家店背粮的问题,野战军这一下来,五、六两乡的村干部和群众是不可能了。金树旺走时留下话:要是粮食还有,叫老王到柏树隘去找郭副县长报告,二木匠自己在靠大路边的石家圪崂和芦草圪塔去动员人,能背出来多少算多少……

两个人听了只好分手:老王去了柏树隘,二木匠返回芦草圪塔和石家圪崂跑了多半夜,鸡叫时才回了沙家店。

劫后的沙家店在凄凉惨淡中过了一夜。和艾家渠相隔只十五里一道平沟,这里是人心不安,一片零乱的景象。天黑以后,藏在鸦窝沟的和藏在山神庙圪崂的人很多回到了村里;他们想回来给留在崖窑上的老婆婆小娃娃做点饭带去,却发现锅灶已被破坏得不能使唤了。满村到处是叹息和咒骂的声音,暗窑被挖开的全村共有七家。石得富、石永公和疤虎吃罢饭,同老陈、兰英和银凤们下了村,老陈把饭送给清良老汉,其余的人分头帮助这七家收拾被敌人掳掠剩下的东西。人们摸着了一点规律:在窑外面或院外面的地窖不容易寻见。石得富就挨门挨户检查了一遍全村的暗窑,凡是比较显明的,都让众人帮助搬到左近的地窖里去。弄完已经过大半夜了,曹区长他们从二乡牛圈塌打发来探讯的两个人,在南山上吼叫石得富。石得富上山一看,才知道东面乌龙铺和西面镇川堡一带山头上,火光点点,那是露营的敌人。黑夜缩短了距离,沙家店夹在中间,似乎两面的火光就在跟前。他和两个探讯的人研究着两面的敌人可能在甚么地场……

二木匠回来喊叫他们下来。北乡上的区乡干部忙着组织转运担架和狮子塄、艾家渠一带部队调动的情形,使石得富想起区委书记临

131

走时说的话:"到明儿敌人就再不能这么猖狂了。"显然吴司令员和高政委早已告诉了金树旺野战军要下来的消息……

"好!"石得富紧握着拳头,兴奋地说,"让他们忙他们的去,咱们尽咱们的力量办!看坏种狗日的给谁当联保主任!看这八十多石粮谁吃吧!"

鸡叫二遍时,二乡来探讯的两个人赶快回报曹区长他们去了。石得富叫兰英和银凤到区上,帮助他们做饭,等石家圪崂和芦草圪塔的人来了,好打发粮食……

第 十 四 章

东方亮时,开始了最混乱的一天。石得富们正在区上吃饭,村里乱成了一团。黑夜回来还没走的人,东奔西跑,不知往哪里钻是好,只听见满村喊叫:"敌人来了!敌人来了!"石得富们连忙掼下饭碗,抓起账包包、干粮口袋和背包跑出大门。老陈喘吁吁地奔上来说:是敌人的十几个马队,已经从大沟里一道平路飞奔过去了。疤虎说,那是敌人的骑兵侦察队。这使他们推测到:敌人今天来的一定比昨天早。石得富当下叫二木匠上山放哨,打发兰英和银凤赶快往山神庙圪崂走。

天麻麻亮,石家圪崂背粮的来,他们就上粮站去疏散粮食了。群众比头一天慌张,要求不要过秤,拿口袋计算,只记下名字就行了。石得富不同意。金书记头一天坚定镇静的印象牢记在他心里。野战军既然离这里只十几里地,上级一不在跟前,他们就可以马马虎虎推出去了事吗?

疏散到半早上,情况愈来愈紧张。敌机比哪　天都来得早。石清良老汉拄着棍上来了,劝说他们快走。石永公这时心慌手颤,石得富看得清楚,后来领粮的有三五个人,他连账也没写。石得富在心里记下来了。飞机是敌人地面部队前进的预告,不多时二木匠喊叫着跑下来了。剩下芦草圪塔少数几个人没领粮,一霎时带着空口袋跑了个光。他们就按头一天的办法收拾了仓窑。

他们跑下渠口,敌人已经进了前村头。二木匠腿长,跑过去了。

石得富、石永公和疤虎过不了沟。敌人像洪水一样涌过了小街,隔断了大沟南北的交通。石得富折转身,赶紧领着他们两个人往南山跑,准备不得已时,和在二乡带着游击队的曹区长他靠拢。他们翻过两个山头发现:巩家沟通泥沟子的那沟里也拥满了敌人,先头已经上了吴家沟的山峁。现在,他们是被夹在不及三里宽的两道沟中间的山上了,既不能到大沟以北去照看粮站,又断了和自己人的一切联系。万一敌人上山来,他们就只剩下钻山窟窿一步路了。

这时连疤虎也着了急,说这个地场可停不得。石永公上气不接下气,催石得富快找一个山窟窿好藏。山窟窿有的是。可是往地里头钻,是万不得已的下策。石得富朝四面瞭望,不愿走这步死路。眼见敌人今天到这里分了两路,南路又上了吴家沟山上,很可能是发觉了野战军,骇怕镇川堡和乌龙铺被截断,到这条大路的中点占领高地。石得富顾虑钻进山窟窿不知道外面的情况,会失掉突出去的机会。疤虎赞成他这个说法,两个人就拖着石永公又往东跑,心想跑出这个狭窄的牛角尖,到张家坪以南山上离两面的敌人稍远点,看形势再打主意。他们一气跑了四个山头,到地名叫做墓子墚的西隘里,形势就证明了石得富的判断正确:北路的敌人经过了沙家店和张家坪,也上了常高山。

半前晌,常高山机枪直吼。步枪爆豆一样砰砰叭叭乱响,夹杂着小炮吭吭的声音。常高山北坡下去就是狮子崂。用不着怀疑:是野战军和敌人接了火。石得富叫疤虎上墓子墚上放哨,他和石永公在一块谷地里补记最后领了粮的那几宗账。在处境这样困难,整个粮食都还吉凶未定的时候,他依然这么认真!石永公只好很不愿意地解开账包包,拿起笔来,报一宗写一宗地记了。刚刚补记完,在他们重新捆账包包的时候,常高山却又渐渐完全沉寂了。他们到疤虎站的墓子墚上,只见吴家山的敌人走山路向常高山奔去。他们转身看见大路以北的张家坪北山和石家圪崂东山,也有队伍朝常高山方面运动,一看就是野战军。双方都在调动……

石得富惦记着粮站,他又同他们爬上一个高些的山头朝西瞭望。沙家店南山和山神庙圪崂山上已经都有了队伍,只是敌人和野战军都穿黄军衣,又离开三四里地,三个人怎么瞅,也分不清哪是敌人哪是自己。石得富怀疑:要是山神庙圪崂的山上是野战军,而沙家店南山上是胡匪军的话,为甚么只隔着一道大沟却连一枪都不响呢?他和疤虎分析:要不连沙家店南山也是野战军,他们是下来堵截敌人的后路,因为包围敌人是野战军常使的战术。要不连山神庙圪崂山上也是敌人,那准是敌人要把沙家店当成据点盘据,坏种已经跟敌人到那里占住了粮站。石得富抱着账包包,转身四面看:东面和南面是敌人,大路以北是野战军。粮站在西面,偏偏西面的情况搞不清楚。

"咱们往西走上两颗山圪塔,"他提议,"看那究竟是甚么人,好不好?"

"走!"疤虎同意,指着野狐墚说,"到那塔就看清南山上的人了。"

"好你们哩,不要冒失,"石永公连忙阻止,"敌人!保准是敌人!你们盘算:坏种狗日的到堡里报告了咱村里有那么多粮食,敌人过来这一大片,还不要吃粮吗?咱们到野狐墚就到了村上头了,给敌人看见,寻倒霉去啦?得富,款款在这个当空空停一停,咱们看走张家坪左近能不能跑过沟,那面山上保险是野战军……"

"我不信有这么多敌人,"石得富觉得石永公惊慌,不免有点夸大敌人的力量。他对着疤虎,"难道敌人连镇川堡都不要,连老营都过来了?"

疤虎说:"你两个在这塔等着,我给咱看去。一个人目标小,是敌人也不要紧。"

"我去!"石得富有了主意,给石永公递着账包包,安咐说,"眼下两家都朝常高山那面调动,南面吴家沟山上的敌人不会上这塔来。

要是张家坪沟里的敌人上来的话,你们就朝泥沟子靠。我估量泥沟子的人全在烟洞沟崖窑上,没办法的时光,咱们全往那塔跑。……"

"好主意!你叫我去!"疤虎那股劲儿,哪里肯让石得富去;他把他的背包递给石永公,就起身。

石得富扯住他的袖子,两个人争着要去,各有理由。石得富是粮站的负责人,又是党员,应该亲自去搞清楚那面的情况。可是疤虎却说他是部队上下来的,不能让一个只当过民兵的人去侦察。他说这是军事任务,最后甚至问:

"你不相信我,是不是?"

石得富知道疤虎的脾性,不让他去准不高兴,只好捉住他的袖子安咐:

"你可千万不要太大意,看着点走。离远能看见帽子或裤子是敌人,就不要再往前撞了……"

石永公一手抱着账包包,一手提着背包,两面胳膊底下还夹着他娘头一天给他的干粮口袋和背心,突然喊叫:

"快看! 快看郝家隐山上……"

两个人抬头看时,只见郝家隐山上也有了一长串一长串穿黄军衣的队伍在调动,都是朝东来了。两个人疑惑:

"那是甚么人哩?"

"不是野战军,"石永公连忙插到他们中间来说,"野战军在北面,怎能从西南上来哩?"

真是个问题! 石得富和疤虎迟疑住了。他们转脸一看,沙家店南山和山神庙圪崂山上那么多队伍,却不见了。仔细瞅了一阵,他们才发现两架山上只剩下少数很像担任警戒的部队。这时四山上的队伍好比天上雨前的云朵,时刻在移动,你一时不注意,再看时就不知移动到哪里去了。

沙家店西南郝家隐山上新出现的队伍,使情况对石得富来说更加混乱。的确,野战军从哪里插到大沟以南的呢?能有那么快吗?难道绥德的董钊匪部顺着无定河大川的公路上来接防了镇川堡,三十六师全部过来了吗?石得富想起这个,是因为前天下雨的黑夜,区委书记告诉他敌人企图包围歼灭野战军的毒辣阴谋。他只知道大概的敌情,却不知道野战军行动的计划,怎么能下判断呢?

疤虎还要去看。石得富望着四周考虑着。石永公无论如何不让冒险。

"你好哩!"他死央祷告说,"要是咱们人的话,二木匠在那面山上,还有兰英和银凤她们,粮食白糟践不了。要是敌人,看了又能顶个甚嘛?款款就在这塔等到后晌,看情况再打主意。咱们统共剩了三个人,再跑散,到不了一塔,要商量一下,也不行了……"说着显出万分焦虑的神情。

"究竟怎办?"疤虎催问石得富。

石得富本心是想让他去看的,可是见石永公太着急,万一去了回不来,往后发生了更混乱的情况,剩下他和石永公两人真不好办了。

"算了就算了吧,"他违心地说,脑里转着沙家店堆的粮食。现在甚么人在那里:二木匠还是坏种?……

近处有一块西瓜地是张家坪疤虎连襟种的。既不让去,他要去摘两颗西瓜来,众人解渴。真个心大!还想吃西瓜!石得富同意他去。

晌午时分,常高山方面经过了半个前晌的沉寂,展开了大战。这回是大炮开的火。石得富密切注视战场上每一个细小的动静。任务逼使小伙子捉摸他不懂的事情。从方向上判断,是狮子堎那面(那是野战军)先开炮,紧接着常高山这面(那是胡匪军)还了炮。飞机嗡嗡,炮声隆隆,不多时,炮弹爆炸的黑烟和地崩崖塌似的黄尘一柱一柱腾起,弥漫了那个战场的天空。飞机在烟尘里钻进钻出,朝山洼里扫射着。山洼里,机枪、步枪和手榴弹搅杂成一片……石得富们所在的地场离常高山大约十多里。这样近距离地看实战,他在随军担架队上由于任务限制,也没有得到这样高的享受,没想到在他从小割柴、拔草,后来耕种的土地上享受到了。他感到满足!

石得富们吃罢又香又甜的西瓜,因为墓子墕往东第二道墕上从张家坪沟里上来一股子敌人,他们就转转溜溜到了泥沟子的北山上来。这里老百姓也是藏得山上连一个人都看不见,只有他们三个有任务,钻在庄稼林里注意着常高山那面战斗的发展。他们商量好:要是野战军插过大路向南来,他们就能乘机跑过大路向北去,好问清楚沙家店西面的情况。

但是,不顺利的事情好像都集中到了这一天。仗打了不一阵工夫,吴家沟东南面也传来了隆隆声,和常高山的炮声遥相呼应着。南面最高的风山遮隔了半边天,开头他们当成那面也开了火,后来才听出那里原来在打雷了。

刮来了大风。黑云乘风翻滚着,涌过了风山上空,向沙家店区上空展开来了。雷声不断,电光闪闪,黑云到处就滴起一片一片铜元大小的雨点,打得脸疼。雷电代替了炮火,常高山那面登时沉寂了,只见满山的人马急忙奔跑。大自然的暴风雨顿时阻止了人间的暴风雨。石得富们失望地看了一阵,也只好往近处一个避雨窑子里跑去。他们翻了两个山峁到了山窑,倾斜的大雷雨已经打得他们抬不起头了。

他们钻进避雨窑子里。山野已是天昏地暗,朦胧一团,隐约的山坡上,庄稼被雨打得都往下倒。一霎时就地起水,山洪暴发了。雷声、雨声、山洪滔滔,汹涌嘈杂。他们在避雨窑子里说话,要大声喊叫才能听见。

石得富顾不得擦干满脸的雨水和汗水珠子。他先解开账包包翻看。还好——只把包袱皮子打湿了,账本本、账单单、支粮证和粮票,只湿了几处边边角角,不要紧。山窑子里满地尘土,石得富只拧干了包袱皮子,重新打捆起来。担心着石永公凉了肚子,他和疤虎都催他快把棉背心穿上。真正是有备无患! 疤虎开玩笑说:娘为儿子操心,没有白操。石得富不让他拿这个开玩笑,伤感情。这样,三个人蹲在一个弯腰才能进去的小窑洞里,眼瞅着外面泼着大雷雨的山坡上,无数漫地的浑泥水急流着,好像竞赛一样淌向沟渠里汇合去了。

"这该怎办?"石永公现在穿上他的棉背心,不由得发愁起来,"这么大的雷雨,就是住了,沟里的山水一时三刻又落不下去。咱们怎么过大路呀?"

石得富说:"咱们有这个避雨窑子钻,就算不错了。野战军的同志们那么多人,正打着仗,你说急急忙忙往哪塔躲藏哩嘛?"

疤虎坐在他的湿背包上装着烟还笑。总是他那个毫不在乎的神气,大声嚷着:"咱们的部队有当地人带路啦,总还好往村里跑哇。我看胡儿子们这一场雨可够受啦! 他们连牲口和辎重都在山上,猛一下看狗日的们往哪塔跑呀? 一准浇得和水鸡一样,连饭也吃不上,野战军正好收拾他们……"炸雷咯喳喳打断了他的话。

石得富望着外面满天泼淋的大雷雨,脑子里隐隐糊糊闪着这无定河和黄河中间整个战场上现时变幻莫测的图景:绥德地区是董钊,葭县地区是刘戡,野战军和胡匪三十六师在这里对峙。毛主席在这大雷雨底下的哪一个村庄里呢? 他想起区委书记那黑夜告诉他的话,这一场战斗关系多么重大啊,可是刚打响又被雷雨阻隔住了。这场雷雨对谁有利?

"双方面都有困难,"他掏出他的短烟锅装着,一边盘算着自言自语说,"看雨能下多久吧……"

他们三个人吃了石永公一个人带的几天的干粮。雷雨一股劲泼了半后晌才停了。

从天空看,乌云已经过去。云块不那么黑,不那么大,有些已经变成白云。地面上越来越亮,甚至于比雨前更亮,虽然时间已渐近黄昏了。到山窑外面看见,山坡上有些倒下去的高粱和谷子,慢慢地直起来了。

雨一住,嗡嗡的山水就显得声势更加浩大。恐怕需要和下雷雨一样长,甚至更长的时间,山洪才能落下去。三个人出了山窑子一看,地里和路上淌着泥水,山坡上连站也站不住。他们在山窑外面等到泥水淌尽,地上稍微硬了点,然后爬上近处一个山头去看四面的情况。

直至天临黑时,他们脱了鞋,卷起裤子,一跌一爬上了一颗山圪塔。现在情况已经大变了。从常高山到吴家沟连绵的山巅上,都撑起了黄煞煞的篷帐,好像小庙一样散布在山顶上,有一堆一堆的人和牲口,那是敌人。而沙家店和郝家隘山上不撑篷帐,只见满山有队伍,疤虎说那可能是野战军。石得富看这情形,他现在无论如何要到村边去一下了。

疤虎抱怨石永公:"早让我去看,不用尽一天瞎跑!"

"那阵谁晓得?"石永公辩解,"不是我一个,得富也说不用去嘛……"

"硬你说得他没了主意!"

"不要抱怨了,"石得富不让他们争执,"是我自己没主意。天黑了,咱们赶紧回村边看看吧。"

地上擦擦滑滑,一脚一个洞,十分难走。这山上拐弯抹角离村里还有二里多路。他们一跷一跷挪脚步,到村跟前,天已经完全黑了。忽见北面坡上也摸过来一个黑影子,疤虎一喊叫,原来是合作社老陈。

"啊呀!"老陈一只手拄棍,一只手提鞋,吃惊地说,"你们怎么在这塔哩?"

互相一拉谈,才知道老陈这一天也没到山神庙圪崂。他到鸦窝沟崖窑上看罢他老伴,过不了沟,就在那里藏下来了。晌午以后,常高山打起来,他关心战事,上山来看动静,没想到雷雨来得太猛,来不及到崖窑上去了,也在避雨窑子里躲了一后晌。现在,路滑得崖窑根本上不去,也是打算趁天黑到村边上去看一看……

"你老人家离得近,看清西面是谁家的队伍?"石得富问。

"嘿哎!"老陈摇着头叹息,"两家的队伍乱杂杂的一大片,瞅得人眼花。我这眼怎能分清哪是敌人哪是自己人哩嘛?"

"你看怎么着?"石永公现在觉得有理地问疤虎。

疤虎还是肯定:"自己人!错了把我眼挖了!我连这点眼力也没?"

"不要抬杠哩,到村跟前看。走!"石得富说着,四个人一道走了。

他们到村上头不足二百步的隘里,看见满村是火。火光照得南山坡通红,由于树木遮蔽,看不到村里。他们站住仔细听,光听见人和牲口一片嘈杂的声音,说话连一句也听不清。从口音上判断,不像本地人。

"探一探,"老陈稳健地说,"口音咱们听不懂,他们又到处点野火,咱们冒撞进村不好。"

"他妈的!"疤虎把背包给石得富一塞,掏出他那两颗没把的手榴弹来。"你们在这塔等着,我给咱下探去!是敌人的话,听见手榴弹一响,你们就往刚才那个避雨窑子去等我……"

"不!"石得富不让去。他嫌疤虎粗心大意,"我去!我把情况看清楚,先叫老陈和永公拿上账包包走开,咱们再扰乱敌人……"

老陈全不同意:"你们都不要去。我去看。我老了,死活没大关系。"

老汉说着,拄着棍就要下村。石得富强拉住他:

"好老人家……"

"不要多说了!"老陈带着一股要拼老命的劲儿挣脱他的手

走了。

三个人带着无限的尊敬,在黑暗中望着老汉下坡的背影。沟里山洪的嗡嗡声好像一种悲壮的音乐,渲染着老汉赴死的气氛。村里是敌人还是野战军,不光对粮站,而且对这一场大战,都是多么重要啊!老陈的黑影子被弯弯曲曲的拐渠隐没了,石得富想起老陈入党的要求,要是战后两人都还活着,石得富一定当他的介绍人。

过了吸一锅烟的时光,老陈在望不见的渠里那么得势,那么狂喜地尽嗓子吼叫:

"快下来吧,是咱的队伍啊!"

"啊啊!"三个人同声松了口气,高兴得娃娃似的奔跳起来。

他们赶紧下渠,渠里路更滑,为了急于回去看粮站,每人都滑得栽了几跤。进村一看,啊呀!满村都是穿黄军衣的野战军。院里、街上和草坪上,到处是篝火。战士们围着烤被服和子弹带。石得富们走了几十步,渠里的村道上已经和市集一样拥挤。有人扛着粮口袋过来了,显然是从粮站上装的。老陈喊叫罢他们,早不知到人群的甚么地方去了。他们挤过去,准备上粮站去,被一大片队伍和群众堵死了去路。这里聚集着从高柏山、芦草圪塔、青木沟、郝家隘和白家沟给野战军带路的人。听见有人说:

"沙家店人回来了。"

"这塔人带路更熟……"

队伍里头出来三个同志,阻止石得富们三个人前去,要他们在向导队里去集中。他们解释是管粮站的,队伍不相信。石得富拿账包包给他们看,已经集中的向导认识人,也有证明的。那个同志正想放他们过去,突然从区上过来两个腰里带手枪的干部。其中一个大声嚷着:

"不行!不行!部队上午就下来,一天没看见管粮站的人。现在粮食快完了,你们还管甚么?"

"不要这样要求地方上的同志。"那另一个干部却温和地劝说，"敌人先从这里过，他们搞不清情况，可能不敢回来。……"

"就是嘛!"石得富着急了，"粮食弄得乱七八糟，可怎么结账呀?"

那和气的同志不慌不忙地解释:"乱不了。找不到你们，民工们下来运粮，我们的粮食干部经手发了。现在剩不多，还让他们经手到底好了。你们去带路吧!"说着转向那个大声嚷叫的干部，"这些同志很负责任，听说他们离开的时候，还把仓库收拾得整整齐齐……"

"就是为了收拾，我们才没跑到大沟北面嘛!"疤虎荣幸地说。

石得富只问:"同志，那么粮食完了，手续该要给我们吧?"

"给你们，"那个看起来很暴躁的同志也改变了口气，"有你们一个行政主任在村里，很高很高的个子。他说给他就行。对不对?"

石得富一听是二木匠，说不出地高兴，对石永公和疤虎大声说:"带路!"

"带!"疤虎把提着的背包往背上一甩，好像马上就要出发。

石永公说:"我们一天没吃饭……"

"你忘了金书记的话哩?"石得富现在严肃地批评他了，"要紧时，我们是可以不吃饭办事的人! 不是你那么骇怕，咱们前晌到村边看清楚是自己人，就回来了! 这阵粮食人家替咱们打发了，你还有甚说头? 不吃饭也要给队伍带路! 你不要想光靠军队打敌人，毛主席还不要野战军保卫他哩!"

那两个干部夸奖地拍石得富的肩膀。要他们去带路的同志对石永公说:

"你们跟哪一部分，哪一部分给你们饭吃。我们也是早上吃罢饭到现在……"

他们三个像所有其余的向导一样，一个人跟一部分，分配开了。各部分都领着自己的向导走了。石得富跟着一个同志下大沟，半渠里碰到了一个大闺女,后头跟着几个队伍上的同志,不知在找甚么。石得富奇怪得很,黝黑的夜,离老远的,银凤就借着附近的篝火光认出他了。

"得富呀,你们尽一天跑到哪塔去了?刚才我引上同志到你家地窖里把油瓶拿走了。……"

石得富还来不及回话,只听见银凤那么一笑——欣慰的(大概是因为她看见他终于回来了)骄傲的(大概是因为她实现了支援军队的诺言)一笑,她就引着队伍拐了弯。石得富满意这个偶然一闪的碰头!到这时他才省悟到:他竟然整一天没想到她和藏在鸦窝沟被山水封锁在崖窑上的他娘……

他跟着那个同志下了大沟。河里的山水在一堆堆篝火映照下,白浪翻滚,汹涌澎湃。队伍、骡马、盖着油布的大炮弹药箱,到处都是。

现在,他被领进老刘的石板房小饭铺里了。几个同志正在就着两支蜡烛,围着一张军用地图谈话。外面又下起雨来了。

第 十 五 章

野战军这一天的部署原来是这样的:三纵队并附警备四、六两团在当川寺一线,抗击头一天冒进至乌龙铺的一二三旅;二纵队与教导旅和新四旅集中在常高山附近,准备消灭经沙家店东犯的一六五旅;一纵队在沙家店至郝家隘十里宽的地区内分路插过大沟,堵死三十六师师部和一六五旅的逃路,同时截断敌人留在镇川堡的独立团和主力的联系。由于大雷雨的阻碍,战斗没结束,山洪却把一纵队分割在沙家店、郝家隘和白家沟几个村里和山上了。

山洪落得很慢,黑夜又下了一阵猛雨,续涨了。天色黝黑,黄土山路曲折泥泞,部队简直无法行动。先到沙家店村里的队伍有窑和房子可挤,后到的甚至挤在驴圈和牛棚里避雨,而大部分只好在露天地里淋雨。篝火全被雨浇灭了。每一闪电,可以看见有战士们蹲在雨地里淋着。幸而雨下了一霎时过去了,村里又开始喧闹起来,各处山上的部队也派人进村里来做饭。二木匠、兰英和银凤他们,还有后回来的老陈,满村跑来跑去,帮助军队找这找那。整整闹哄了多半夜,才渐渐安静下来。天晴了,山洪也落了,部队在等待命令行动。

在常高山被雷雨打断的战斗以后,胡匪三十六师一发现他们面临着优势的野战军,就不顾一切地连夜收缩兵力。山路泥滑,他们甚至于把一切他们所能搜寻到的老百姓的毛毡和被褥,都拿来铺垫险要的山路。有一整连一整排在过河时被山洪卷走的,也不能阻止乌龙铺的一二三旅回头向西靠拢。胡匪军官拿枪逼着士兵们胳膊套胳膊过河,谩骂着把他们推进无情的洪水里去。敌人所以这样疯狂挣扎,是他们已经明显地感到一种被分割歼灭的威胁。那尾追毛主席和党中央机关的刘戡五个半旅,并没有和他们会了师,现在远离开乌龙铺六十里,撒在木头峪以南的黄河沿岸。那一大股敌人是完全照着这时在葭县附近的毛主席的摆布行动了,因而狡猾的三十六师现在愚蠢地向着野战军的巨掌里集中!

天亮以前,一纵队传下来分路撤回大沟以北的命令。部队经过这一场大雷雨,装备淋了个一塌糊涂,人员马匹疲惫得很,需要整顿休息一下,才能作战。队伍集合一块走一块。现在是往后边转移,到集合场,上级宣布原来准备作战时用的大路以南的大批向导不要了。

石得富夹着账包包,最先在旧日的市集场上离开他跟的那个部队。在一块一夜的时候,他已经变成他们的好朋友。他在担架队里随野战军转战三个月,又是一个年轻力壮、精明强干的党员,并且说他要去清理粮站的手续,使部队首长把昨天以来的战地形势告诉他,并且双手搭在他两个肩膀上,关心地嘱咐他:

"同志,东西两面的敌人都往这块集中。部队一撤尽,你应该马上清理了手续,往安全的地方转移……"

"晓得。"石得富答应,夹着账包包匆忙地走了。

黎明时分,村里人马纷乱。他先到粮站上去看一看。

粮站上早已没一个人。依然昏暗的仓窑里,可以看见粮食完是完了,但并没打扫干净。石得富跑到两面仓窑里一瞅,边边角角约莫还能扫起石数粮。部队的同志因为是代办,又都忙得要命,很可能没工夫往净打扫。他是实际管粮站的,怎能看一看掼下不管呢?他连忙又往大沟里部队的集合场跑,找石永公和疤虎来一块收拾。

"得富,叫我满村寻你!"二木匠从区上的石板坡追下来,"他们要给咱们打白条子……"

"为甚?"

"他们说供给部的戳子在高柏山。要正式的条子,就要跟他们到高柏山去拿。"

"粮数对不对?统共是多少?"

"八十五石,零头我记不住。"

"对,"石得富一听,总数差不多,连忙说,"去!你快跟他们到高柏山拿条子去。粮站上还能扫石数粮,我和永公、疤虎扫起坚壁它!"

二木匠折转走了几步,又转身来喊叫:"得富!得富!昨儿下来运粮的民工全是咱本区的,咱村里这回上前线的全来了……"

"好哩,好哩,"石得富走着掉过头说,"我没工夫和你细拉谈!"

"有要紧话哩,"二木匠追下来低低说,"我碰见石永发,他见金书记来;说区上的办公处挪到艾家渠了。金书记叫你们完了到那塔去,还有工作哩……"

"知道了。"石得富点头答应着,只顾朝大沟里跑去。

大沟里部队已经快走尽了。合作社大门外面的街道上聚集着一大堆人,是从鸦窝沟回来的男女老小;他们知道村里是自己的队伍,回来时队伍却又要走了。众人喊喊喳喳议论,他们在路上看见河滩上的乱石中间夹杂着穿半截裤的胡匪军很多死尸,是山洪从上河里冲下来的。银凤她爸手里提着一个顺路拣来的钢盔,将来做小锅。老陈在那里劝说众人用不着回家里去看,赶紧还到鸦窝沟去藏;部队一撤,敌人离得近,随时都可能来。……

石得富到跟前问老陈:"你见我们那两个人来没?"

"疤虎跟上队伍走了,永公在后村头和他娘拉话。"

石得富一气跑到后村头,石永公果真和他娘在一间石板房前面拉话。

"快!"石得富喊叫说,"粮站上还能扫石数粮,咱两个快去扫起坚壁了。"

石永公他娘问:"完了你们上哪塔去呀?"

"金书记捎话叫我们到艾家渠去,还有工作,"石得富匆匆说着,规劝老婆婆,"好老人家,你再不要牵挂他了。你顾你。我们男子汉跑出去,怎么也比你利索。"他回过头来对石永公说,"快走,今儿可不同往天,一时时也不能拖延!"

石得富把石永公找来,村里最后一批部队已经离开了。二木匠跟着队伍走,对石得富说,他取罢条子在艾家渠等他们。聚集在合作社大门外面的老汉老婆和婆姨娃娃们,见部队一走尽,也纷纷往鸦窝沟走了。有人告诉石得富,他娘病倒了,石永福婆姨在崖窑上照护着她,要他有时间的话,最好去看上一回。石得富连细问一下病情的工夫也没,只含含糊糊答应了一声,就过去了。

兰英和银凤们几个年轻妇女,在合作社外面等石得富过来取联络。

天已经大亮,部队撤走的沙家店又变成危险的地场了。

兰英和银凤们都要跟去帮助打扫粮站。她们七嘴八舌嚷着:

"人多手快,咱们一阵打扫了一块走吧……"

石得富看看这些年轻可爱的女子,坚决说:

"不要你们!危险!人多了目标大,光我两个好行动。"他转向老陈:"我虎叔走了,你老人家在北山上给我们放一下哨。"

老陈感动地说:"我心里盘算,这么大的战事,剩下石数粮不打扫算不了甚么。得富,万一出了差错,就划不着了。"可是石得富坚决认真,他只好说:

"那么账包包给我,快去吧!"

石得富把账包包交给老陈,银凤拉住他的袖子,在公众面前依恋地定睛凝视着他,说:

"在山神庙圪崂等着你们……"

石得富催石永公快走。他们到粮站上,把两面仓窑的粮食打扫成堆,日头已经闪山头。敌人的飞机来了,听见甚么地方空中扫射的声音。清良老汉拄着棍上来了。

"好娃娃们,你们连命也不要了?"

"走吧。"石永公提着一张簸箕,不安地提议。

"快弄!"石得富说,不停地用簸箕往筐笼里掘小米。"清良大爷,你快下去吧,北山上有人给我们放哨哩。"

两个人用筐笼抬着,往旁边大院的一个地窖里倒粮食。一筐笼又一筐笼,最后连家具都扔了进去。

老陈、兰英和银凤发现西面的敌人到了前沟,喊叫石得富们时,东面的敌人从后沟里出来了。南山上的敌人朝着老陈们打机枪了。石得富和石永公跑到村当中听见大沟里有敌人,两个人连忙折转跑。石得富让石永公头前跑,告诉他绕麻地渠过隘,走张家坪附近过沟。他们一拐进麻地渠,又听见通泥沟子的隘里有了敌人。石永公刚刚在隘口露了头,子弹哺哺地落到他的左近,他缩下来了。

"一扑就过!"石得富猛推了他一把,让他先脱离危险,"过去只管你快跑!"

石永公过去了。这惹起了敌人的机枪扫射,封锁了隘口。石得富扑不过去了。他只好缩下来,钻在蓖麻林里。忽见崖跟有个救命的山水洞,他连忙从崖上拔了几卜蓬蒿,人先爬进去,然后用蓬蒿蒙住洞口。这时,胡匪兵已经到了他头顶上的地畔上了。

"有啥敌人?"胡匪兵喧嚷着,"一个老百姓也跑鸡巴了!……"

石得富在山水洞里听见这么嚷叫,估计敌人主要是防备我军,不会下渠来搜寻。他把两只手里捏的两颗没把手榴弹重新装进兜里去,使自己蹲得合适些,然后掀开一点蓬蒿,瞅见敌人通过隘口上了对面的山墚。戴着美式船形帽、穿着半截裤的胡匪军,一个个给太阳晒得黑脸黑腿,简直好像外国人。他们连外形都引起石得富的仇恨。接着,他听见头顶上有大队人和牲口走过的声音——敌人绕过了隘口，朝着沙家店村东的野狐墚去了。

他跟着过了一夜的那个部队的同志们，告诉他敌情发展的严重性，这一点从一纵避免单独同东西两面的敌人作战，不能就地整顿休息，必须撤回大沟以北整顿休息他就看出了。乌龙铺的一二三旅回过头来占领常高山，三十六师师部往南到了吴家山（吴家沟的山上，那里有一座三皇庙），而一六五旅则向西来接应由镇川堡过来的独立团。石得富在山水洞里根据或东或西远远近近的枪声中，捉摸到沙家店已经是四面敌人了。

他并不因此而后悔他打扫粮站。他庆幸石永公能脱了险，盼望他经过张家坪附近跑到艾家渠去。石得富又想起老陈、兰英和银凤他们，盼望他们每一个人都能安全地跑到山神庙圪崂，谁也不要给敌人的机枪扫上吧。

"剩下我一个人怎么也好办……"石得富心里想，最坏忍耐到天黑，他也能摸揣出去。

头一天刚下过雷雨，山水洞里很泥泞，潮湿而又阴森。石得富跑出一身大汗，初进来不觉得，渐渐地感到身上发冷。这地洞不能久钻，钻久了会大病。这是一个实际问题，硬撑不得。

过了一阵，听不见地上人和牲口走动的声音了。他掀开蓬蒿一瞅，对面墚上也没敌人了。他想出去看看，只要能过了隘，隘那面又是一道渠，顺渠下去是一条深沟槽，直通张家坪前沟。这是他从小熟悉的山路。想起区委书记托农会主任石永发带来话，说有工作等着他，更促使他冒险过隘。主意一定，他就爬出山水洞口，掏出那两颗没把的手榴弹。他把引火线圈套在指头上，捏在手里溜崖根往隘上跑，葱茂的蓖麻林里，露出他的半个身子。

跑啊！跑啊！离隘口还有十多步的光景，忽听得背后的地畔上大叫一声："啥人？"

"不要跑！再跑开枪！"

石得富从话音和动静上,感觉到他背后只有三两个敌人。他就不顾敌人的警告,闭住一口气,扯开大步向隘口奔,被他冲倒的蓖麻咯吧咯吧地响。石得富脑子里想的,已经不是侥幸过隘,而是想竭力改善自己的位置,跑得高一点,好打敌人。

石得富又奔了四五步。

"咔——"背后一枪没打上,打断他身旁的一枝蓖麻秆儿。他一转身,胳膊一举,一块黑色的沉重的小东西在半空里划了一道弧线,落在地畔上敌人的面前了。两个胡匪兵措手不及,傻了眼,慌得扭头企图躲避,妨碍了他们身后另一个胡匪兵向石得富打枪。石得富急忙把左手里的手榴弹换到右手来,准备着必要时再扔。地畔上的手榴弹爆炸了。好像从土地里喷射出来似的,一堵烟尘笼罩了三个胡匪兵。……

石得富舒了一口气,乘空子一闪身过了隘。

他一过隘,就连跑带跳地下渠。他只取直端捷径,并不管路在哪里。他看见石永公跑掉一只鞋,现在底朝上扣在旁边三五步远处。没工夫去捡!他担心那边有敌人追过隘来,从背后打他。

他跑到半渠里。糟糕!不是从他后面,而是从他面前的地畔上打来一枪,在他布衫的袖子上穿了一个洞。他眼看见一个胡匪兵又在往卜推子弹。他立刻将他手里剩下的那唯一的一颗手榴弹扔出去,弯下腰就跑。听到背后手榴弹爆炸的声音,他已经跳下了一个小崖。

他到深沟槽里的时候,听见敌人在半山腰叽叽咕咕的说话的声音。现在,他已经是手无寸铁的人了。

他在深沟槽里一口气跑了约莫二里地。他跑得满身大汗,衣服湿淋淋的。他的肚里和喉咙里,干渴得好像要着火。他觉得他离开后面的敌人已经远了,就在沟槽里的一个山水坑旁边蹲了下来,用手掬着喝了些带泥土的浑水。他觉得身上分外清爽。他站起,擦着脸上、脖颈和胸前的凉汗。他抬头四望,已经快到张家坪,马上要过大沟了。

他开始慢慢走着,思谋着他经过哪个沟岔过大沟。他该走哪条小路最近便、最隐蔽。看来,他已出了敌军最密集的地面。

"啥人?不要动!"在拐弯的路上,迎面过来两个拿匣子枪的便衣,枪口全对准他。他从他们的情态上一下就看出他们是胡匪兵。他沉沉地出了口气,心里一发愣,眼前有一霎时是昏暗的。

便衣敌人检查他,他的心和头脑已经恢复了正常。浑身上下只从口袋里掏出一根短烟锅,一个黑细布烟布袋,是他出随军担架以前银凤偷偷地做了送给他的,现在已经磨破了。另外有一把火镰,几根火柴,火柴盒早已揉得稀碎。敌人看他的手,满手是茧;又看他的脚,死皮老厚;扯下他的头巾,没有戴军帽的印儿。完全是农民体态!

"老百姓。年轻。能当兵。"一个低个子便衣嘻嘻地笑,露出一颗令人厌恶的黄铜牙。

一个高个子说:"交到连部,让他们去问。咱们还去搜索。"

"毁了!"赤手空拳的石得富急了,"他们给我换了衣裳怎么办呢?……"

他被带上了山,一边结头巾一边编他的口供。

山墚的东坬上一片黄煞煞的敌人。说话哇里哇啦,一句也听不懂。往南的平隘里聚集着大群的驮炮和驮行李的牲口,咬着出了穗的谷子。从沙家店南山绕上来的敌人,长蛇一样摆在牲口那面过不来。牲口这面的敌人分多少路,走庄稼地向墓子墚一带走去。这墓子墚同常高山和吴家山恰成一个三角,是沙家店、泥沟子和张家坪中间最高的一道墚,一个隘夹一颗山圪塔,从张家坪村对面一直通到泥沟子。山圪塔上已经有敌人,石得富隐隐糊糊看见:似乎有几个戴大盖帽的拿着望远镜向北瞭望。

石得富这时才清楚地看见:大沟以南满山遍野到处是敌人。到了东圪上那一片敌人跟前,高个子便衣问:"王排长,连长呢?"

"他带弟兄们到那面挖工事去了,"胡匪排长用下巴指着墓子塄以北直通张家坪村对面的一道峁,笑嘻嘻地问,"从哪里抓来这个……"

"就在下边这沟里。"低个子便衣指手画脚地说。

"交给你们,我们再去抓。"高个子拉了低个子一把,"不相信老百姓能跑光!"

两个便衣走了,石得富不知不觉已经被一群胡匪兵围定。那胡匪排长开始盘问,大盖帽底下的深眼窟窿里,两颗眼珠子上下打量着石得富。石得富已经准备好了口供。

"哪个村的?"——白家沟的。"干啥的?"——放羊的。"羊呢?"——羊给山水冲完了。"往哪里跑?"——不知道往哪里跑,瞎跑……

"嘿!"一个面目狰狞的胡匪兵把歪戴的船形帽一掀,"一套鬼话!看他拿得多稳,一点也不慌!"

"不要忙。"胡匪排长制止着插嘴,似乎拿得更稳,继续盘问。

"你是放羊的为啥要跑?"——害怕。"怕啥?"——怕你们。"不要怕,给'国军'带路吧?"——这塔路可不大熟。"白家沟离这里好远?"——七八十来里。"你跑了七八十里啊?"……

"排长,"一个胡匪兵笑着解释,"他说七八里多,十里少。"

"对。"石得富说,眼瞅着胡匪排长凶神恶煞的鬼相。

"不到十里,路都不大熟吗?"胡匪排长不相信地盯着石得富问。

石得富说:"大路寻上,庄稼路没走过……"

"啊呀,"一群胡匪兵惊讶,"好精干的放羊小伙子!"

"给他换了军衣,让他干!"

这时聚集在平隘里的牲口走开了,东圪上的一片敌人也行动起来。围着他的一群胡匪兵大多数散了,只剩下十来个黑脸汉子。胡匪排长指着旁边一条装粮食的毛口袋，吩咐班长说：

"给他扛着，带去一道挖工事。今黑夜给他领军衣！"

石得富偏斜着眼一瞅，约莫有三斗粮食。从口袋上的补丁看来，是在甚么地方掳掠老百姓的。两个胡匪兵把粮口袋抬在他肩膀上，押着他下坡。

他一扛着粮口袋，脑子里就闪出一个人可耻的影子。是一个叛徒，那人在土地革命时被敌人捉住，贪生怕死，帮助敌人做了事。一九四三年的冬天在县上开的反奸大会上坦白，上万人喷着唾沫星子臭骂他，石得富曾经一次又一次竖起胳膊领头喊过口号。他那时那么恨那个叛徒，恨不得从拥挤的群众里挤上台去，狠狠地打那厚脸皮子。而现在，他给敌人扛着粮口袋！

耻辱绞着他年轻纯洁的心。难道他还要给敌人乖乖地挖工事吗？他的脑里又闪出区委书记金树旺严肃和蔼的脸庞，耳朵里响起他的声音。

"考验我们的时候到了……"

"不！"石得富走着，在心里对遥远的金树旺说，"我石得富不是怕死！我已经尽了我的力，最后没办法落在敌人手里了。敌人从我嘴里掏不去一句实话。我要瞅机会和敌人拼命！为了瞅机会，要骗敌人，就非扛这粮口袋不行。你放心！我死也要对得住咱的党！"

下了平隘。原先聚集的那一大片牲口快走尽了。现在是长蛇一样从沙家店南山绕来的敌人。敌人前面有个带路的人。石得富只顾蒙头想他的心思，计划他怎么和敌人索取死的代价，猛然间听见一个熟悉的声音喊叫：

"噫！这是沙家店石得富嘛，还不赶紧把他一枪崩了？"

冤家路窄。石得富连忙抬头一看，原来是巩家沟的坏种。他现在两眼冒火！他再也不能迷惑敌人了。他一眨眼的工夫摔了粮口袋。在敌人猝不及防中他猛扑过去，扣住坏种就打。可惜他手无寸

154

铁,只好用拳头照准坏种胸口,一家伙把他打翻在地。他又扑上去要用脚踩,不知有几个敌人从背后抓住了他。

"拖到那边!绑起来!"胡匪排长深眼窝里眼珠子好像要跳出来。

石得富被拖到一边去了。一群敌人围着坏种,听见坏种破嗓子呻吟的声音。石得富两手已动不得,他只能连连地扭转脖子,朝坏种所在的地场愤怒地一眼一眼看着。

不多一阵,他已经被大绑了胳膊,拉到平隘以东的一块耕翻过的麦地湾里了。坏种带路的这股敌人重新走开,那胡匪排长手里捏着一根宽皮带过来了。

"真正共产党!"他咬牙切齿说,照准石得富的头就是一皮带,"你是放羊的吗?"

石得富傲然地说:"你知道了,还问我做甚?"

"好!叫你硬!"胡匪排长咆哮,马上吩咐两个胡匪兵,用刺刀去砍桑条。戴大盖军帽的胡匪排长告诉在场的胡匪兵石得富是怎样一个人。戴船形军帽的胡匪兵一张张被太阳晒黑的面孔惊讶地大张着口。

桑条砍来了。敌人把他压倒。胡匪排长命令四个胡匪兵分站两面,在他的脊背和屁股上狠抽。开始的时候,好像刀割一样生疼,他咬住牙忍着。过了一阵,满身汗水湿透了单衣裳,他的背部和臀部也有点麻木了。任敌人抽打吧!他死也不肯呻吟一声。他心里明白:残酷的人身折磨,现在是他死以前必经的过程;因为他现在丧失了和敌人做斗争的一切手段,连想跳崖自尽也办不到了。他决心使他这短短一生的最后一天,和他入党以后的几年完全一致。他绝不在临死的时候给伟大的党丢脸。这是他现在唯一的思维范围。除此以外,他再连甚么也想不起。

四个匪兵打累了才住了手。胡匪排长用穿皮靴的脚掀他脸色苍

白的汗湿的头,问:

"你说不说?你说不说?你说不说?"

一句比一句声高。石得富连一声也没吭。他有心臭骂敌人一顿,可是没力气了。胡匪排长命令再打。胡匪班长提议干脆一枪崩了拉倒。

"我要看他有多硬!"

又打。这一回石得富脊背和屁股上的肉皮有些地方烂了,他感觉到淌起了血水。但他还是决心不呻唤一声。正打着,石得富翻眼看见原来抓他的那两个便衣胡匪跑来了。

"快走!快走!沙家店北边发现了敌人……"

"沙家店山上有队伍,慌啥?"

"队伍奉到命令往这边靠!"

两个便衣说罢,也没到跟前来看一下,直端走耕翻过的麦地坡上山巅去了。一班胡匪兵慌成一团。胡匪班长又提议一枪崩了石得富,胡匪排长还是不听。

"枪毙了便宜了他!"那深眼窝里的眼珠子瞪着石得富,"带着他走,让他去挖工事!……"

第 十 六 章

　　这一天,在沙家店西北山上给石得富和石永公放哨的人们,也危险极了。以为和头两天一样,敌人会从西过来;不料想一发现敌人,竟是从东、西、南三面一齐来了。那一片高粱地好隐蔽,敌人的机枪没扫着他们,他们安全地到了山神庙圪崂。

　　众人焦心地议论着石得富和石永公。银凤两只大眼里漂起了泪花子。她使劲控制着自己,不使眼泪在众人面前滑出来。兰英和旁的几个女子给她宽心,说石得富上过火线,有经验,可能领着石永公走张家坪那面过了沟,这时到艾家渠去了。

　　晌午时分,不见石得富们来山神庙圪崂,老陈就夹着粮站的账包包,拄着棍要到艾家渠去看。现在,银凤已经不在乎旁人会说甚么,也不管藏在鸦窝沟的她娘老子往后会怎样,她要跟老陈到艾家渠去。这个世界上要是没有了石得富,对她是多么大的打击啊……

　　他们到艾家渠,遍地是野战军,连沟里的庙宇和戏台上都住满了。好容易找着区上的炊事员老王,和二木匠在一块,也是正等得焦急。二木匠从高柏山领来了粮条子,见石得富和石永公迟迟不来,就猜测石得富可能在山神庙圪崂息着。经过了千辛万苦,出生入死完成了任务,他难道不会休息一个晌午吗?

　　"他该知道金书记捎话叫他们是还有工作吧?"

　　"知道。我告诉他了。"二木匠说。

　　银凤到底是女孩儿家,艾家渠和山神庙圪崂两处都没有石得富,无论如何,她控制不住自己,眼泪珠一颗跟一颗滚下来了。但她并不噤。二木匠又猜测石得富可能去看在崖窑上病倒的他娘。她使劲吞了几口眼泪,然后哑着嗓子说:

"他那股积极劲儿,鸦窝沟是不会去的!"

"唉!"老王叹了口气,"永公老娘、婆姨、娃娃一大堆! 平时他就家庭观念重,万一……"

当下众人商量该怎办。寻找和营救都是不可能的。区委书记金树旺和区秘书尚生光一早又给葛专员调到柏树隘去了。二木匠把从高柏山领来的条子交给老陈,要老汉到柏树隘去找区上的人交账,并报告这个意外的情况。他叫老王仍在艾家渠等着,他自己到山神庙圪崂——也许他们钻在山窟窿里,等敌人过去以后会跑出来……

银凤又跟着二木匠回到山神庙圪崂。

直至天黑还是没有石得富和石永公的音信。可怜的银凤眼巴巴地望着沙家店周围的山头。"得富! 你在哪塔哩?"

八月十九号(阴历七月初四),整整一后晌,东至常高山,南至吴家山,西至沙家店,纵横十几里的山头上,到处是胡匪三十六师在挖工事——炮兵阵地、机枪阵地、立射工事、交通壕,以至于做饭的炉灶……直至日头落在无定河西的群山丛里,各处的胡匪军才往一块集中。

石得富这后晌根本没给敌人挖工事。他的脊背和屁股给打得稀烂,坏血水直流到他的鞋里。绿头苍蝇跟着他吟吟吟飞。在张家坪村对面的山峁上,胡匪排长要班长画了个立射工事的样子,叫把洋锹交给石得富,让他挖。他这时早已不打一点活的主意,见满山峁的敌人都架起枪,汗流浃背挖工事,就盘算迟也死,早也死,早死少受些折磨,心想劈死两个敌人他跳崖。他要求胡匪兵解脱他被大绑的胳膊,胡匪兵不解,要他跪下挖。他说大腿背疼,跪不成;胡匪排长就叫把他压倒,让他趴着挖,这样折磨他。他把洋锹掼在一边,说:"落在鬼手里,不怕见阎王!爱怎办怎办!不挖!"胡匪排长大喝一声,叫胡匪兵登时把他的手腕也背绑起来,拖到半面去,他们自己挖工事。胡匪排长吩咐挖完工事把他带回去,就引了一个胡匪兵扛了粮口袋走了。

石得富在那片黑豆地里趴了一后晌。这一后晌,石得富肉体疼痛,意识却清楚。青山、绿水、蓝天、黄土,以至于头顶上空掠过的飞鸟,他看得一清二楚,毫不模糊。他心里平静,因为他在死前感到问心无愧,用尽力了。他很想继续给革命卖点劲;但敌人不让他活下去了。他在心里向需要告别的人,一一告了别——生他的娘,爱他的银凤,亲他的得贵,赏识他的葛专员,教育他的金书记。他们将活着,看见胜利。遗憾的是自己不能和他们在一块为革命的胜利尽更多的力。……

日头落山以后,满山峁的敌人挖罢工事走的时候,原来带石得富的那一班胡匪军来拉他。开头,他们以为他死了。有一个胡匪兵掀了他一下,他还会动弹。原来他竟迷迷糊糊睡了。自从十四号形势紧张以来,这是他休息得最长的一回。他们把他架起来。日头烤干了他的破伤,单衣裳粘在上头了。怎么死?甚么时光死?他都不想 反正是死,有甚么想头。

所有的敌人拿着枪械子弹和洋锹前头走了,只有带石得富的这个班落在后头。他们一边走一边抱怨他们的排长。

"又不是共产党的啥大头目,不一枪崩了,留着干啥用?"

"咱排长脾气可怪哩,摸不着他是啥主意!"

"啥主意?"胡匪班长提议枪毙过两回都白说,更不满意,"干啥又不用他麻烦?咱们饿,他觉不着!他妈的!从靖边过草地,说到榆林就休息。他妈的!诨咱们替骡马背东西。好容易到榆林,又说要下镇川堡。到镇川堡,又说要过乌龙铺。昨儿没给大雷雨淹死就算命大……"

"班长，"一个小心谨慎的胡匪兵用河南口音说，"这话可不敢给排长听见啊。"

"他妈的！我在他跟前也敢说！是诓骗咱们呀！下雷雨的时候，他只顾他往帐篷里钻！他妈的，快走！"胡匪班长气愤地说着，推了石得富一把。

石得富猛不防一个跟跄，差点没有栽倒。他在仔细玩味着他们诼胡匪排长的话，发现敌人的官兵中间的确有矛盾。看见胡匪兵又饿又乏的熊样子，加上天也渐渐黑下来了，莫非他还有空子可钻？还有逃出去的希望吗？他的心眼又活动起来了。

"班长，胳膊麻得不行。把我的手腕解开，我快些走，你们也少饿一阵……"

"解开让他快走吧。"好几个胡匪兵也朝他们的班长说。

胡匪班长问石得富："你要好好走哇？不能再要无赖啊？"

"好好走，"石得富开始改变他倔强的态度，装得温顺地答应着，并且表示同情地说，"班长，我一点也不怨你们，只恨蒋介石勾结美国打内战……"

"不要宣传！"胡匪班长喝住他，"老老实实，就解你，到山上还给你吃饭。"

"老老实实。"石得富站住说，瞅准了敌人饥饿和疲劳这个弱点。

那个小心谨慎的河南口音的胡匪兵动手解他。后晌胡匪兵喝着从河里挑上来的水，最后剩下一点浑泥水，这个胡匪兵给石得富喝了，他就认出这是个好人。他感激地看这人时，见这人竟用同情的眼光看他。他现在开始改变那种看见美式船形帽就仇视的心理，觉得胡匪军里确有好人。只要有好人和坏人，就会有矛盾可以利用。

"走。"河南口音说，样子照样挺凶。

石得富的手腕给解开，他不知道。这一道绳子完全隔断了他两手和胳膊的血脉流动，肘子以下全部麻木，失去了感觉，好像不是他身上的部分了。半晌，手指头才会动弹，血一流通，就开始发胀。他要求把他胳膊上大绑的绳子也松一松。胡匪班长不答应了，用枪托戳他，要他快走，他只好打消了这个念头。不能太急！

走过山峁的东坡，到了墓子墕以东的山坡，天已黄昏。一到隘口，就看见山隘两面的湾地里全是敌人。这里那里，一个又一个的灶火通红。烧木柴的白烟底下，一大片人又一大片牲口，嗡嗡的声音搅混在一起，好像夜市一般喧闹。山坡上，庄稼地和路现在没有区别了。来来往往的人群里有很多后晌被搜寻出来的半老汉，现在敌人押着他们从泥沟子沟里往山上担水和背柴——这所谓"柴"，就是庄户人的桌椅板凳、门箱竖柜和纺车布机被捣毁的零件！他们碰见石得富，一个个羞低了头，似乎不愿叫他看清是谁。押着他们的胡匪兵喊叫：

"当心踩了电话线！"

石得富被带上山坡，往墓子墕走的时候，猛见旁边有几个剪发的年轻妇女，披头散发，有的连布衫或裤子也被撕破了……。一些胡匪兵站在跟前看稀奇，带石得富的也有去看的，说是"女干部"。石得富心里怜惜地盘算，这几个村的粮食、衣物和家具，坚壁不好的一扫光，男女老小藏不住的，也倒了霉。他憋着一肚气，上了墓子墕的山隘。

这里平坦，尽是牲口和驮子。牲口在咬着割来的出穗青谷子，一片咀嚼声。带石得富的胡匪兵问清了特务连的营地，就朝靠北一颗山圪塔上走去。现在天已完全黑了，看见往东和往南几十颗山圪塔上，火光闪闪，听见近处劈柴的声音。……

面前这山圪塔上满地黄煞煞的胡匪兵，除过隘口留出一条通路，没一点空地。谷子早已不长一根，有的地方已经铺了麦草，有的麦草还堆在那里。石得富被押着通过留着的那条通道，见两边许多胡匪兵坐在地上,抱着步枪啃着白日飞机撂下来的"锅块"①。东西两面坡上,有的地方安起了锅灶,被抓来的老百姓被逼着烧火的烧火,劈柴的劈柴。当墚顶上头搭起了帐篷。帐篷里都已点着了灯。有一个帐篷里在打电话,另一个帐篷里唱着"洋小戏"——石得富听见过沙家店"积善堂"财主的留声机。他猜想这一定是那号东西。胡匪当大官的到哪里也忘不了作乐!

"莫非这就是旅部?"石得富不由得估量,联想起电话线如网,牲口驮子一大片,一个个帐篷满山顶,而押他的敌人又是特务连。他紧张地转眼注视着周围的一切。

到了半山圪塔。那个凶狠狠的胡匪排长从人群里钻出来了:"为啥这时才回来?"

"犯人走不动!"胡匪班长立正说,声调里却带着不服气。

半面又闪出一个戴大盖帽的。胡匪排长马上立正说:"报告连长!犯人带来了。这个家伙,死硬,打死不吭一声。"

胡匪连长用手电上上下下照照石得富,连连点头。

"土干部,没有那个重要。那个家伙至少是个区干部,装得不认字,叫老百姓认,都说他是个毡匠。当然是共产党准备好一套,对付'国军'!不要急,现在大家吃过饭要休息,明天慢慢来。今晚二排值班放哨,把这两个家伙都给你们排一块押着好了。……"胡匪连长事务式地说罢走了。

胡匪班长嘴努得更长。石得富明白:多看一个人给他添了麻烦。胡匪排长看了看石得富,发现他的手腕不绑了,瞪着眼珠子咆哮起来:

"为啥解开? 啊? 谁叫解开的?"

一群船形帽胡匪兵低垂着眼皮,望着他们的班长。

---

① 西安的一种大饼,大而且厚。

"又没有跑了？"胡匪班长不在乎地说，"他走不动。天黑了，我们为了安全回来，解开让他快点走……"

"绑起来！"胡匪排长仇敌一般瞟了胡匪班长一眼。

两个胡匪兵连忙把石得富的手腕重新绑起来。石得富一声不张，眼皮一闪一闪想心思。他的心已经被胡匪连长搅乱了——被俘的那另一个同志是谁呢？区委书记金树旺他们在北面艾家渠，是不会给敌人逮住的。区长曹安本他们在南乡牛圈塌一带打游击，难道有谁落到敌人手里了吗？不管是谁，有一个自己人和他同难，两个人更好往出去跑！听胡匪连长的口气，他们今黑夜还顾不上整死他。敌人疲劳不堪，是逃脱的好机会啊！野战军今黑夜不会发动攻击吧？

从东面坡上拉过来一个人。个子比他高出一头，穿着白布衫。是谁呢？石得富心里一阵紧张，这个人对他们脱逃是多么重要！现在押过来了，到跟前了。

好！原来真是个毡匠！石得富几天来忙乱得颠三倒四，这人就是前黑夜曹区长派来探讯的那两个人中间的一个啊！石得富知道他叫张和明，三十上下。他才真正是白家沟人，常年跑四乡赶毡，人很灵动。赶毡是一种油水活，他的手脚和脸皮，都不像受苦人，胡匪军就把他当做区干部。石得富和张和明两个人互相一瞅，彼此是那么了解。

张和明也是胳膊和手大小绑了两道。可是石得富从他脚步上看出，他大约没挨重拷打。押他的胡匪兵解开他，拿了绳了。押石得富的胡匪兵把他们拴在一根绳子上。现在，他们往西面坡上去了。

"把我杀了，我还是榆林县的毡匠！"张和明走着对新押他的敌人声辩。石得富一听就明白他的意思，是告诉他的假口供。这人真机灵！毡子是榆林地的特产，榆林县是国民党统治区，和这里交界，口音相混，所以他敢冒充。实际上，石得富知道他也是白家沟积极的共产党员。

"啪!"胡匪排长照脸一巴掌,张和明再不张声了。石得富心里骂胡匪排长:这狗日的最凶残!

走了二三十步,胡匪排长指了指他那一排人的营地,警告士兵们:这里地形复杂,黑夜要特别当心犯人跑掉。说罢就折转走了。

走过正在烧火做饭的就地挖成的炉灶,他们下了十几步坡,这里就到地场了。

唒着锅块的敌人和最后来的这一班胡匪兵打着招呼,骂着笑。石得富做甚都抓紧,乘机看着地形:下面是一道小峁,峁当中挖了一道黑糊糊的交通壕,两边像树枝一般的支壕连接着崖畔上的工事。崖下面是圪崂,条条渠通沟槽,出去就是大河沟。石得富清楚崖有四五丈高低。那一年冬季,他砍柴时借着一把小镢头的帮助,手抓住柠条和酸枣,他凑合着下到半崖。砍完了柴,他又跳下崖去拾柴。现在刚下过雨,地皮松软,他相信从陡斜的山崖溜下去,跌不死人。

"好!"石得富心里高兴;现在他拿定了新的主意:要活!

胡匪兵要石得富和毡匠坐下来。张和明能坐,石得富不能坐。他屁股上伤疼,慢慢地凑凑合合侧身躺下来。张和明明白了,用怜惜的眼色看看他。毡匠师傅尽量向后倾斜着身子,自己吃点苦,不让绳子勒着他!

这一班胡匪兵也领来了锅块,分开唒起来了。石得富也要吃。

"你倒没忘记啊?"胡匪班长嚼着锅块,狠狠地瞅着石得富。可是这个班长倒是比那个排长像人,他瞅了一阵,还是叫领锅块的胡匪兵给石得富和毡匠每人一块。

那胡匪兵叫石得富坐起来。石得富咬牙忍着疼痛,挣扎着坐起来了。他要求敌人:既让他们吃,就解开他们的手腕。胡匪兵再不解了。那个胡匪兵要他们屈起两腿,把锅块夹在膝盖中间,弯腰伸脖子去咬。石得富说不行,胡匪兵要毡匠试一试。石得富给他眨眼,机灵的张和明故意用嘴唇一碰,锅块滚到地下去了。

石得富开了腔："两只手又不是翅膀？解开也飞不起来……"

"哼！"那个胡匪兵一边咬锅块，一边说，"你再说啥也不解你了。俺们不长两个脑袋！"

"班长，"石得富朝胡匪班长说话，"人有死罪没饿罪！你们在峁上说甚来？……"

"解开，"胡匪班长不得已，说，"吃了再绑住。"

拿锅块的胡匪兵，用锅块敲了一下石得富的脑袋，说："太调皮！"另外两个胡匪兵解他和毡匠。胡匪班长解释着这完全是为了让弟兄们快点休息；并不是因为石得富"调皮"。石得富心里明白：这个家伙并没好心，曾经两次提议枪毙他；现在说这话只是朝弟兄们买好，笼络他们。

石得富朝张和明说："榆林的毡匠师傅，放开肚量吃，死也落个饱肚鬼！"

"吃着还罗嗦个鸡巴！"胡匪班长喝住他。

他不理睬，侧身躺下去，两手把锅块举到嘴边上咬。他口干舌焦，飞机撂下来的约有一寸来厚的锅块，又硬又发酸，味像做酱的曲一般。没吃惯这东西，他咬烂却很难咽得下去。可是为了一有脱逃的机会好有劲儿跑，他强吃着。他招呼张和明好生吃，就是这个意思。

上坡七八步远处喊叫："汤来了！"胡匪军叮叮当当解着各人的缸子，一拥挤了上去。

"不要抢，不要抢！"

"这不是美国来的，有的是！"

"哎，哎！洒到地上谁也吃不成了啊！……"

很乱了一阵子。胡匪兵每人端着一缸子汤，现在陆陆续续回来了。胡匪班长没去挤，那个河南口音的士兵替他效劳，捎来一缸子恭恭敬敬递给他。石得富原来觉得这是个好人，现在有点瞧不起他，奇怪他为甚么那么巴结班长。

石得富又出了声:"班长,口干得咽不下去……"

"他妈的!"胡匪班长厌恶地臭骂,"打死你不吭一声,吃饭倒怪出得口!"

"啥他都要吃!"一个胡匪兵冷笑着,问,"上边帐篷里还吃美国罐头,你要不要?"

大多数胡匪兵只顾自己喝汤。石得富不理睬那个讥刺他的胡匪兵,只朝胡匪班长要。

"等他们喝了再给你们也不迟吧?"胡匪班长没奈何地说,"你他妈的真讨厌!"

"好!"石得富心里高兴,"老子不要你喜欢,给吃就好!"他头一黑夜在跟野战军那个营部吃罢饭,到现在已经一整天了。

满地的胡匪军在月初的淡淡的月光下一边喝汤,一边逗笑说他们喝的是"三鲜汤"。石得富奇怪在这个山野里敌人能做出甚么三鲜汤呢?胡匪兵喝罢给他们每人一缸子,石得富勉强爬起来,和毡匠并排蹲着喝。原来汤里有小米、麦子,夹杂着煮得稀烂的南瓜!可见敌人除过飞机空投的东西以外,只能搜寻到甚么吃甚么。他喝着,很满意他管的粮站的粮食没有落到敌人手里,并且更清楚地认识到上级号召彻底坚壁清野的巨大作用。

张和明没带伤吃得快,很快吃完一缸子。敌人不给吃了。胡匪兵当下夺去缸子,把张和明的手腕重新绑起来,并催促石得富快喝。

"阎王催命不催食!"石得富心里想,嘴里只管他匀匀吃着。他奇怪:张和明前天黑夜在沙家店南山,和他一块根据火光研究敌人的位置时,那么沉着有信心;为甚么被俘以后却像个大傻子,那么老实?是假装还是真悲观了呢?他要做个榜样给他看,鼓舞他的情绪。

石得富吃完一缸子,还要吃。

"你吃多少才够?"胡匪班长瞪着眼问。

"我太饿了，"石得富不骇怕地说，"我明儿就死啦！你还不给我吃饱？你们穿的虽是美国式的军衣，可总还是咱中国人吧？"

胡匪军一听这个土头土脑的年轻庄户人竟然说出这样含意深奥的话，互相看看歪歪斜斜顶在各人头上的美式船形帽，好像感到了羞耻，一时不知说甚么是好。还是那个河南口音的士兵端过来一缸子，问胡匪班长：

"俺这儿有一缸子吃不了了，给他吃去吧？他快死了……"

正在研究地盯着石得富的胡匪班长点了点头。那河南人过来把他的汤倒进石得富端的缸子里。石得富用眼色感激他，而那河南人却顺势踢了他一脚。

"这缸子喝完，可再没了！"河南口音说着，若无其事地离开他。

石得富吃着第二缸子汤，好生不解。这个河南人美式船形帽下边的脑子里装着甚么思想呢？他为甚么这么照顾他？又为甚么那么巴结胡匪班长，好像是他的老子一样孝敬？他给石得富吃汤，又用脚踢他。不是真踢，踢得并不疼。这人有真有假。他近乎相信对胡匪班长是假好，对他是真好。石得富不明白。据说胡匪三十六师反共教育最深，打仗最硬。蟠龙战斗以后，他在随军担架队里听部队同志谈：胡匪的另一个主力——董钊的第一师一六五旅的俘虏说，"你们解决了我们，可解决不了三十六师！"他现在不敢把这个胡匪兵估计得太好……

那个恶魔似的胡匪排长晃荡着大个子下来了："又是谁解开的？啊？"

"班长叫解开，让犯人快点吃了俺们好休息……"一个胡匪兵连忙怯生生地报告着，一边瞟着胡匪班长阴沉沉的脸色。

"谁解开，跑了枪毙谁！"胡匪排长朝班长咬着牙嘶叫。说罢吩咐满山坡的一大片胡匪兵准备点名，又给这一班胡匪兵叮咛点完名睡觉时要注意：这是指挥阵地，犯人跑出去，连他这排长也活不了。

胡匪排长叮咛罢，狠狠地盯了胡匪班长一眼。这家伙好像忙得很，匆匆走了。

两个胡匪兵当下不让石得富再吃了。他们要重新绑他的手腕。

"叫把这缸子吃完！"胡匪班长可赌气了，朝远远走去的胡匪排长的背影恨声恨气地说，"你当班长，能把犯人绑住自己喂吗？你又没命令不许给犯人吃饭？要死咱俩儿一块死！昨儿差一点没给山水淹死，你还打我。你再打吧！"说着，疯子一样掉头大骂石得富出气，"他妈的！快吃！磨鸡巴洋工！"

好几个胡匪兵都同情班长，说排长太过分了。

"下午挖工事，他走了再没照面！"

"听说他们跟旅部的副官们到南面山沟找婆娘去了！"

石得富一听，满肚子冒火！这伙王八蛋不消灭还行？他脑子里一下子涌起被踩踏的庄稼，被挖得四分五裂的土地，被当做柴烧的家具，被押着担水的老汉和被奸污的妇女……他翻起眼望一望一片黑糊糊的北山：野战军准备好了没有呢？这是敌人的旅部，是"指挥阵地"。他更要想办法往出跑啊！……

突然间，墚顶上的帐篷里好像有一个甚么女人讲话的声音。满地的胡匪兵互相招呼："听！听！"霎时一片寂静。那女人的声音在静夜里显得更加洪亮、清脆。不知那女人是哪里口音，石得富连一句也听不明白，只听见："国军"、"共匪"、刘戡、钟松、镇川堡、葭县、柏树隘、沙家店……和一些双方军队的番号。石得富连贯不起来。……

"怎么个事哩？"石得富完全迷瞪住了，"胡儿子官长们还带太太？这个女人好牛皮，满山的敌人都听她一个讲话？"

过了一阵，那女人还讲旁的事情，山坡上就嚷开了。原来那女人并不在帐篷里，石得富刚上来听见唱的也不是洋小戏。那是南京的无线电广播，上上下下的敌人议论成一片。

"毛泽东过了黄河,刘军长没追上……"

"九十师怎么今上午才到葭县呢?"

"咱师编兵团了! 广播说:钟松兵团到镇川堡以东的沙家店呢!"

"喂,"那面坡上过来一个胡匪兵问毡匠,"沙家店到柏树隘几里?"

张和明仰起头说:"二三十里……"

"呸!"胡匪兵都不相信,他们认为大沟以北几里就是柏树隘,要不怎能在这里挖工事堵截"共匪"呢? 有一个胡匪兵狠狠地在毡匠头上戳了一拳头,"一句实话也没有!"

从胡匪兵兴高采烈的谈话里,石得富看出敌人这回一准中了毛主席的计策。他相信毛主席不会过山西。而敌人竟然像巩家沟那坏种一样做梦,议论着广播的谎话:说野战军在榆林战役中伤亡过半,"残部"不敢再战;说教导旅和新编的三纵队全部过了黄河;说被困在镇川堡东北柏树隘地区走投无路的有四个旅的"残部";说有两个旅昨儿企图经沙家店以西地区"南逃",骇怕绥德的董钊堵截,拂晓前缩回去了……等等。

石得富清清楚楚他昨黑夜在一块的那一纵队不是想"南逃"。敌人上当受骗了,他心里暗喜。他借着汤,挣扎着把锅块吃完,准备尽力气跑。敌人重新绑住他的手腕。胡匪班长命令结成一颗死疙瘩,防备他松开。

隘上吹了哨子,嚷着点名。留一个胡匪兵看守着石得富和张和明,其余全部到南面集合去了。那胡匪兵让他们站在半面,他往地上铺麦草。石得富趁他手还没麻木的时候,背对背摸索着给毡匠松了绳子。张和明摸揣着要给石得富也松一松时,那胡匪兵已经铺好了麦草。

点罢名回来的胡匪兵好高兴。全说他们再也不要被日晒雨浇,再也不用爬陕北的山了。陕北战事今后只剩下"清剿"阶段,用不着三十六师了。原来广播的后边说:"国军"已经恢复了陕西全省行政的完整,没一个县城在共产党手里了。石得富奇怪:这些胡匪兵的脑筋怎这么简单?为甚么这么容易受蒋介石的欺骗?……

"好!"石得富心里想,望一望大沟以北黑糊糊的山峦,"咱解放区连小孩都知道,解放军从来都不争县城,看谁消灭谁吧!"

动乱了一阵,胡匪兵按照他们排长吩咐的样子睡了觉。石得富挨着胡匪班长,毡匠挨着石得富。夜里山风很大,胡匪军有军毡。石得富怕吹坏了肚子,向胡匪班长要求一块盖的;理由是免得拉稀,弟兄们也不臭。胡匪班长先说没有,后来问谁有。那个河南口音不声不响拿出一块单子,是掳老百姓的一块夹门帘。石得富这才看见那河南人挨着张和明睡。因为他们被绑着,他给他们齐腰伙盖上。石得富看出这张良善的面孔,他准是被抓当了兵的。

夜——无边无际的黑夜!近处山头上一堆一堆红火还没熄灭。人静下来了。骡马牲口喷鼻子、打架的声音可清楚哩……

石得富看见墓子壔往西只有一颗圪塔有火光。再往西麻地渠那面就是一片漆黑。他心里想:野狐壔山上的敌人要不是白日撤了,就是挖完工事黑夜集中睡觉。他一次又一次轻轻仰起头看:上坡七八个被抓来担水的半老汉,围着灶火蹲着。哨兵刺刀一晃一晃走来走去。帐篷里还点着灯。

到了半夜。石得富怕敌人没有睡稳,不敢动静。大概张和明从他的紧张和不安中,已经知道了他的心思,一次又一次掀他。

半夜以后,山坡上一片打鼾声。帐篷里熄了灯。围着灶火的人也不见了。只剩下一个哨兵在来来回回溜达。溜达到最远处至南坡上,折转回来有尿泡尿的工夫。石得富见这是个空子,他朝毡匠挤了挤,胸腔离开胡匪班长的肩膀。胡匪班长没有动。哨兵过去以后,石得富扭转脖子低声说:

"张和明,咱跑!"

"走哪塔跑?"

"爬战壕,溜崖。"

"跌不死吧?"

"跌不死,我在这崖上砍过柴……"

哨兵过来了。石得富戳一戳张和明,两个人不响了。等哨兵再遛达过去,两个人又扭转脖子。张和明先问:

"咱们往哪塔跑哩?"

"你没听见敌人的排长说甚? 找野战军报告敌人的指挥阵地嘛!"

"你跑动啦?"

"跑不动挣命也要跑!"

"好! 我给你解绳子……"

哨兵又过来了。

张和明摸索着给石得富解绳子,大概由于不自禁的紧张,绑石得富手腕的又是一颗死疙瘩,解得很慢。约莫费了半个时辰,还没解开。张和明急出一头汗,他的手腕虽然给石得富松了,可是解起来总是不得手。甚么山洼里,敌人捉来没杀的鸡叫了,石得富真着急。而正在这时,挨着张和明睡的那河南人翻了个身。

毁了,他坐起来了。他揭开他们盖的门帘了。他摸揣绑他们的绳子了。奇怪得很,他竟一声不响,好像偷偷地摸着。不管怎么,跑不出去总是个死;石得富就是凭他给他的印象,也要冒险了。他用恳求的声调低低说:"你……"河南人一把按住他的口……

哨兵遛达了过来。河南人不慌不忙给他们重新盖着门帘,哨兵下坡来了。唯恐惊动四周熟睡的士兵,他蹲下低低问:

"怎么个事?"

"俺觉着他们动弹。俺看了看绳子还好的……"

"你真老实！没有路，还绑着他们，跑不了的。苦差事都给你，睡吧！"

"排长说：跑了要枪毙俺们班长，俺可不敢睡死……"

"唉！"哨兵叹口气，又上坡去了。

石得富和张和明拼命装睡死，现在才松了口气。哨兵遛达过去的头一回，河南人一伸手就抽脱了张和明的绳子。第二回，张和明解脱了石得富。第三回两个人就轻手轻脚绕过了五六个胡匪兵身边，钻进了交通壕。

张和明没带伤，比石得富灵动。石得富爬到交通壕的尽头，已经听见崖上酸枣刺挂破张和明衣裳的声音了。石得富也不管哨兵过来了没，爬出壕用两只胳膊护住脸就溜，溜开就不由他自己了。

"咚！"石得富栽进一个山水泥坑里，浑身溅成个泥棒。破伤处着了水，疼得如同刀割一般。

张和明过来往出拉他，旁边又滚下来一个大土块。滚到跟前，看是河南人溜下来了。他的美式船形帽早已不知掉在哪里，溜下来就是秃头秃脑的，一只手里还捏着一杆步枪。石得富和张和明又高兴又感激。

"你太好了……"

"赶紧跑吧，"河南人提着他的枪说，指着张和明，"快把白布衫脱下，目标小……"

张和明脱了白布衫。两个人拖着石得富一个跑。在弯弯曲曲的深沟槽里，高一脚低一脚，跑一阵走一阵，不觉跑到麻地渠以东的沟槽里了。石得富挣扎着跑，大张口喘气，说张和明：

"不要管我了！你引上他出了岔，拐进石家圪崂沟里，直端找野战军去。我自己走沙家店，绕山神庙圪崂捷径。那塔有合作社老陈拿着粮站的账包包，我顺路去看一下。咱们两股头找……"

张和明说："怕你跑不快，天明了危险……"

"不要紧！"石得富斩钉截铁说，"就是为我跑不快，怕误事，叫你们另走嘛！快去报告野战军……"

逃亡的河南人到了新世界，完全迷惑不解了。谁说话，他看谁。他指着张和明，慌忙央告石得富：

"不行呀！他不是这块的人，找不到路，可抓瞎哎！"

"他是这塔人，"石得富带着胜利的满意，望着慌眉溜眼的河南人笑，"他是游击队员。你放心跟他走，咱们现在是一家人了……"

那河南人大张着口，呆呆地望着游击队员。张和明拉着新战士的手就起身。新战士一再掉过头依恋地看着石得富，好像还有话要说。可是石得富拐进了渠，奋力上着坡；翻过这个小山隘，到山神庙圪崂能近三里地。

第 十 七 章

　　银凤跟二木匠回到山神庙圪崂，直到天黑还没等到石得富们的一点音信。天黑以后，就只剩了一线希望——希望石得富们白天是钻在山窟窿里了，会趁黑夜往出跑的……

　　天一黑，银凤就跟二木匠上山巅去看。东南面一大片火光满山，活像想象中的地狱一般。大沟里，或前或后，偶尔有零星的枪声，清脆而又悠长——二木匠给野战军的侦察员捞住过一回，告诉银凤：黑夜双方都有侦察活动。敌人的便衣常常会摸进小村里抓人，连本村的青年妇女统共十几个人，跟着木匠在山头上遛转了多半夜。银凤闷声不语，不和其他妇女说话。

　　银凤瞅着沙家店东南面的火山，石得富在那火山上头。她脑子里只转着石得富倔强的影子，耳朵里只响着石得富坚决的声音——"好好办工作……""革命成了功甚事都好说……"他是那么专心革命。他总是忙着。他和她的关系是那么纯洁，正像流行的"信天游"里的两句情歌：

　　　　人人都说咱们两个好，
　　　　你自有①还没亲过我的口……

　　他能逃出那个活地狱吗？他还能"好好办工作"，一直到"革命成了功"吗？石得富生龙活虎的形影就在银凤面前：他在清算地主

———————————

　　①　自有：即"从来"的意思。

的会上领导群众喊口号,他在动员参军的会上大声嚷叫着报名,他起鸡叫睡半夜地巡查坏人……最使银凤感动的是他有一回从镇川堡回来,碰见一个无儿寡女的老汉背二斗粮食,认也不认得,他替他背了二十多里地,一直到沙家店……

"他不能死,他要活着!"银凤早有一种明显的感觉,即使他和她成了亲,他也不是她独有的。他属于人民!

石得富现在脑子里只转着一个念头——将敌人的指挥阵地报告野战军。他恨不得能插上翅膀,飞到野战军那里。他奋力爬上了渠,到麻地渠隒里了。

沙家店村东野狐墚一带遍山工事,挖掘得石得富几乎认不出路了。一条战壕端端从隒里通过,壕里挖出的湿土堆在两边,虚蓬蓬的。天还不明,石得富往过跳,一滑栽进一人深浅的壕里去,崴了他的脚腕……

"他妈的!"他横躺在战壕里揉着脚腕,"这可怎跑呀?"

不管怎么,他爬起来奋力攀出战壕,颠着脚从蓖麻林里下渠。他惦着老陈拿的粮站的账包包。他要走沙家店村里过沟,非到山神庙圪崂去不可。

沙家店村里一片死寂。大门和窑门多半敞着,黑糊糊的好像多年没住过人。大门口和村道上,丢着破东烂西。东方已亮,石得富能分别出桌子板凳或衣物毛毡。很明显,胡匪军白日下村来糟害过,掳掠过了。忽见前面大门口靠墙坐着一个人,白胡子吊在胸脯上,一看就是石清良老汉。

"这么强劲的个老汉!"石得富往他跟前颠去,低声自言自语说,"不到山里去藏,你也该在窑里钻着去嘛,为甚睡在这个大路口?大爷,大爷,大……"

他蹲下去掀时,老汉早已硬了;低头一看,老汉身底下是一摊血。

"唉!"石得富叹了口气站起来,想起春上清算地主时老汉诉苦的情景。

这老汉有些怪,常和村里人辩嘴,说他苦了一辈子,临死时老天打发毛主席来叫他扬眉吐气。他说这就是民国二十六年冬里八路军开上来那阵,他害了一场重病而没死的原因。众人笑他,说千万人都扬眉吐气,为甚那年冬里连肚也没疼过呢?老汉则说:他最苦情,共产党来了他高兴,病势就一天一天见轻,等于续了他的阳寿。石得富那年才十五岁,在巩家沟地主那坏种家里揽长工拦羊,他记得这清良老汉被本村地主"积善堂"家逼旧债,逼他搬出祖辈老宅子的凄惨情形。八路军初上来时地主们恐慌,老汉才松了口气,在后来的减租斗争中勾销了这笔陈年旧债。直到清算地主时,老汉才把冤气吐尽。

石得富想起清良老汉三天以前敌人打肿他的脸,他都不说出他们几个粮站人员藏的地场,以后的两天里,又天天不顾自己的生命危险关照着他们,他深受感动。好像老汉还活着一样,石得富站起说:

"大爷,你的两个小子,老耐我叔支援前线不在家,二耐我二叔参军走了。婆姨们又在鸦窝沟藏着。我有心把你老人家拉扯到个僻静地点,天要明了,我要赶紧去找咱野战军去,给咱们报仇……"

天隐隐糊糊明了,石得富满含着眼泪,出了沙家店村。因为腰腿不对,他怕爬三天以前跑反的那道坡费劲,估量着沟里的大路上不至于有敌人,他想顺沟走一里来地,然后绕拐沟上山神庙圪崂去,平坦些。

他颠了还没二百步远,一拐弯见河沟里进来一溜黄煞煞的队伍,猛地分不清是敌人还是自己人。他连忙折转身往一个石缝里钻,想仔细看看;可是四个人跑着追了上来,一个还拉了一下枪栓:

"老乡,老乡,不要跑!"

一听见叫"老乡",石得富浑身一下子热乎乎的。野战军!已经到跟前了。

"为甚么跑？怎么搞了这身泥？"

"看看他身上有甚么东西？"

"为甚么不讲话,光掉眼泪呢？"

"噫——这是沙家店的石得富嘛!"芦草圪塔村里的一个带路的跑上来了,"前两天还到沙家店疏散粮食见过你。粮站好几个人,怎么你一个在这塔哩?"

眼泪塞住了石得富的喉咙。他从来也没像现在这样,眼泪泉涌一般,朝里朝外一齐流。敌人拷打他的时候,他像一个生理构造上根本没眼泪的人。急着找野战军报告重要情况的时候,他哪里想到他自己会哭呢?可是一天一夜在敌人手里的折磨,使他一看见自己的亲人,眼泪就不由他管了。

战士们检查了他的身上,惊讶地发现他脊背的破伤和胳膊的勒伤。从前沟里进来一个背皮挂包的同志,一边走一边对一个手里拿指挥旗的同志说:

"刘连长,队伍就地休息,后边部队没有上来。"说着转头一看,"啊呀,怎么打成这个样子的?……"

石得富一听,两手抓住他的一只手说:"黄参谋,我跟你们去报仇啊!"

"啊啊!"黄参谋瞪大了眼,仔细一瞅石得富涂着泥浆的脸庞,"你是叫石得富吗?"

"噢……"

"黄参谋认识他?"刘连长莫名其妙地问。

黄参谋说:"这个同志跟咱们纵队抬担架三个月,钻过陇东的森林,过过三边的沙漠。"说着转脸问石得富,"你怎么搞的?"

"敌人打的,我溜崖跑出来。"石得富简单地说明,一激动就忘了老陈拿着账包包,抓紧时间要求,"我跟你们去报仇!我正找咱的军队!"

“不行。你带这么重的伤,我们打仗,你跑不动……”

“我从敌人的旅部里跑出来的,”石得富坚持地说,“我晓得敌人的指挥阵地哩!”

“是吗?”黄参谋和刘连长同声惊奇,“你从一六五旅旅部跑出来的吗? 在哪里?”

石得富脑子里略微盘算了一下,告诉他们:从沙家店往东数是第四个山圪塔,从张家坪往南数是第三个,从泥沟子往北数则是第五个。这墓子墚以南第二个山圪塔是周围最高的山头。黄参谋叫刘连长掏出上级发下来的复写纸翻的作战地图,两个人找到了这一道从张家坪通到泥沟子的山隘,五万分之一的地图上最大的标高是一千一百五十公尺。黄参谋用钢笔在这个巅峰往北两道弧线(表示山头)的地方画了个“×”,马上写报告,要刘连长派通信员送到高级指挥部去。

“我们替你报仇,”刘连长兴奋地说,“一定报! 我们有向导,用不着你去。”

黄参谋写好报告交给站在旁边的通信员,对石得富说:“我给你写封信,你到后边去找邵参谋。他会介绍你到救护站去裹一裹伤。天热,不裹可要坏!”

石得富跟着野战军抬担架三个月,但他到现在才知道军队打仗竟是这么精密。那么一个山头,在地图上一下就找到了。他身上的伤的确不轻,跳交通壕时又崴了脚腕,只好不去。他又告诉他们野狐墚一带有工事,他们不用他这些材料了,说所有的边沿工事都已有各部分的侦察员黑夜去察看过了。他就高兴地问:

“后边在哪塔?”

“山神庙圪崂嘛!”芦草圪塔的向导这时说话了,“那塔有你们村里的一群年轻女子,你快去吧。”

这么一提,银凤的影子才出现在他脑际了。可是霎时间又被老陈夹着账包包的伛偻的影子所代替。黄参谋写好信,摺住交给他,告诉他裹完伤会把他转送到卫生处,必要时还可能送他到野战医院去,要他不要拘束,他们一定会像部队伤员一样照顾他。

"啊呀!你不要这么写,"石得富可着急了,"黄参谋!一者粮站的账目手续是旁人替我拿着,二者我们区委书记还等我有工作哩!……"

"你傻了!成了这个样子,你还能做甚么工作?"

后边传上来话:部队全到了,队伍继续前进。黄参谋和刘连长匆匆同石得富道了别走了。他站在一块大石头跟前,让队伍先过。每一个战士过来看他一眼,"噫"一声。有几个北乡上的向导认得他,还问:

"啊呀,你怎弄成这个样子?"

"敌人打的!"石得富痛快地回答,一点也不带难过的表现,倒是有点豪迈的气势。奇怪得很,淌了一阵眼泪,好像把他身上的毒水放出去了一般,看着战士们一个个走上前去,他喜眯了泪眼笑,"看胡儿子们再猖狂不?"

头一天跟上部队走了的疤虎现在过来了,还是背着他那个背包,走在一部分队伍的前头。

"虎叔,虎叔,虎叔……"

"啊,你怎么……"疤虎在这里碰见他,惊呆了;他连一句话也来不及说完,后边部队走得很快,只转过头来看了几眼。

部队、担架队、部队、担架队,交错地前进。过了很大工夫,天大亮了,可沟里只剩下石得富一个人。他现在从一卜树上折了根树枝,拄起来走。崴了的脚腕渐渐地肿了,他走得很慢。他到拐向山神庙圪崂底下的沟里,日头已经照红了山圪塔。突然间,沙家店方向机枪开始直吼,步枪嘎咕嘎咕乱响,随即夹杂着手榴弹的爆炸。……

大战终于打响了。

沙家店以东和以南的十几里地上,遍地黄尘冒烟,打得热火朝天。各种炮火的声音混杂成一片,淹没了步枪声。有两架飞机在那一块空中绕圈圈、扫射和轰炸。石得富看见:山神庙圪崂那面有好几条电话线,有的扯到巩家沟,有的扯到郝家隘,也有的扯到石家圪崂。

"对了,"石得富心里想,"这是后方,说不定是指挥部。"

可是猛然在山神庙圪崂轰起了大炮,不知是近的缘故还是怎样,声音比其他任何炮都大,震得地都动了起来,炮弹"呜"地从头顶上飞了过去。不一阵,敌人还击的炮弹也飞了过来,双方的大炮一来一往地对轰着。两架小飞机过来了,绕了一个圈子就扫射,从南上来两架大飞机,绕头一个圈子就扔炸弹,咚咚,咚——差一点没把趴在黑豆地里的石得富震聋了。

飞机好像很忙,扫射和轰炸罢都到旁处去了。这边的大炮一停,那边的炮弹也不往过来飞了。石得富爬起来四下里一望,除了庄稼在微风中摆动,左近再没一点动静了。他迷惑住了:这还不是后方呀? 他想这里有这么厉害的炮,不知道够上打墓子壕够不上? 想着就用他全部意志力克制着疼痛,拼命往山神庙圪崂跑。只见他弯着腰,甩着胳膊,跑过黑豆地,跑过谷地,又跑过高粱地……

跑到村里一卜大树底下,石得富已经累趴了,大张口呼哧呼哧喘气。他转头看看,外面连一个人也不见,只听见左近一座院子的窑里有人大声说电话:

"……没有炸到甚么。……嗯……我说,我说,敌人的山炮阵地离一六五旅的指挥所太近啊……啊……要前边的迫击炮配合一下吧? ……等一等? 好……好……"

忽然后边来了一个同志,问石得富:"趴在这里干啥?"

"邵参谋在哪塔?"石得富连忙掏出黄参谋的信,递给他,"我是从敌人里头逃出来的,我晓得一六五旅的指挥阵地……"

那同志看罢石得富汗水渗透了的信,说:"好好好……"就两只手搀他去见邵参谋。

到一眼窑里了。邵参谋——一个消瘦而有精神的军事干部——听那同志一说,又看了信,喜欢不尽。他连忙问石得富怎么见得那是指挥阵地。石得富把头一黑夜所见所闻的电话线如网,帐篷一大片,无线电收音以及胡匪排长的话……等等,说了一遍。所有的同志都高兴地说不错,原来纵队指挥所得到的黄参谋的报告是同一个来源。邵参谋特别注意问他电话线最密的地方在哪里……

"临到隘口有个坎坎,敌人在那塔挖开一个小窑窑,电话线全拉进那里头了。"

"离隘口有多远?"

"十来步,再往下的敌人尽背红十字挂包,再往下……"

"好,同志,你等一等。"邵参谋满意极了,转向电话员,"快接二〇一!"

过了一会,邵参谋接过电话机说:"二〇一吗? 我邵。从敌人那面跑出来的那个同志现在到我们这里了。……可信。有黄参谋的介绍信,身上还带着棒伤和勒伤。他知道敌人的电话总机的地方……好吧? ……是……是……是……好了。"

邵参谋放下电话机,看看石得富的伤,亲切地问:"上山给咱们的炮兵指一指行吗?"

"怎不行? 只要我指了能打中,死了也顺心!"石得富激昂地说,想起胡匪军残暴的情景。

当下邵参谋要两个同志搀着石得富上山,出了村走交通壕到山炮阵地。这是一纵队八旅的山炮连。连长和指导员早接到邵参谋的电话,见石得富上去,高兴极了。这时八旅的步兵已经占领了敌人在野狐塂的前沿阵地(就是跌伤石得富脚腕的地方),敌人退守麻地渠以东(就是石得富和张和明分路的地方)的一颗山圪塔了。西线暂时沉寂,激烈的炮战移到常高山那面,四架飞机也在那里盘旋……

石得富站在阵地边沿上,指给他们胡匪军黑夜搭帐篷的地场,停牲口的地场,电话总机的地场。同时有几副望远镜往墓子墚照,石得富也拿着山炮连长替他调整好距离的一副。根据石得富说的情形,山炮连长和指导员断定那东坡上集中了一六五旅的全部辎重弹药和直属单位。刚才试射所暴露出来的敌人的山炮阵地,正是那标高一千一百五十公尺的山头。上级命令必须组织我方的一切重炮火力摧毁那个阵地,打散敌人的首脑机关,使他们的指挥中枢与各部队断了联系,然后达到使步兵将敌人截成几段,分别包围的目的,现在是时候了。

炮兵弹药手开始冒汗搬运着炮弹,射击手计算着距离。高大苗壮的山炮连长要石得富下村里去,因为马上就要开炮;石得富不下去。

"我要看!"石得富要解他心上的恨!

"同志,"指导员说,"震动太大,恐怕你……"

"你们不怕,我也不怕。不是一样的人?"

电话铃响了。脖子里吊着望远镜的连长接电话:"嗯,准备着呢。……"看看手表,"不错不错……喂,这个同志他不下来……他要看……嘿嘿,……好吧。好……好……"

连长放下电话机,说石得富:"请你往那面站一站。"

石得富往东挪了三五步,就壕沿趴下来,只露出一颗头瞅着被胡匪军践踏得黄秃秃的墓子墚,想起毒打他的那个胡匪排长,咬着牙说:"老子没死在你们手里,这回看你们狗日的吃家伙吧!"

十分钟以后,山炮连长手里的旗子一挥,石得富两手把耳朵一按,好几门山炮齐轰了起来。随着一声声巨响,炮口上喷着火星子,炮弹穿空"呜"地飞了过去。接着东面、南面和东南上,三五处都开了炮,所有的炮弹都落到墓子墚的那一连串山头上和山洼里了。敌人的山炮要还击,哪里来得及?

各种炮火的合击霎时把墓子墚轰得烟尘冲天,石得富用肉眼连甚么也看不见了,只见一片迷迷茫茫!

直至电话上命令停止轰击,石得富才给原来那两个同志搀着下村。他好像完成了一件艰巨的任务,又解了恨,感到了轻松和愉快。

这小村里,炮火震坍了几眼破柴窑。这些柴窑早已裂了缝,不能住人,才拆掉门窗填柴草。前天下大雷雨,山水灌进了裂缝,敌机的轰炸又使这些裂缝加宽了,以至于经不起这样大的震动垮下来了,村里飘浮着尘土……

石得富到大树底下,邵参谋笑眯眯地迎出来,那高兴的样子恨不得将石得富抱住。

"好啊! 这下部队能插过去了! 第一步的战斗任务能完成了!"他不自禁地嚷着,好像石得富懂得军事一样。

可是谈到送石得富去裹伤的问题,邵参谋急得呃着嘴:"部队里抽不出一个同志,牲口都是驮炮的骡子;而老百姓,但能动的没一个闲在家里。"

"裹伤处在哪塔?"石得富问,并不着急。

"石家圪崂,那里是卫生处的救护总站。……"

"不用你们送,"石得富听了,明白大家都忙打仗,想起老陈同兰英和银凤他们,说,"这塔有我们村里的一群媳妇女子藏反……"

"不在了,"一个同志说,"部队一下来,她们要求参加救护工作,都到那个大村子去了。"

石得富听了好喜,眼里闪着光。她们没空吹牛,当真支援着前线。

"先找个地方你休息吧,"邵参谋考虑了一下说,"我打电话问问石家圪崂,看那里能不能抽出一副担架来接你。"

"不用,不用!"石得富连忙拉住邵参谋的袖子,"息一阵我自个人慢慢爬蜒着走。有个老汉拿着粮站的账包包,我还要朝这村里的人打探他……"

"去!"邵参谋对旁边挽石得富的一个同志说,"你跑上去找老乡来问一问,我去打电话。"

邵参谋进院里去了,那个同志撒腿就往上院里跑。停了一阵,一个老汉和几个老婆婆跑下来看石得富,慌忙问被打得轻重。石得富自己也不知道轻重。他们揭起他血污的布衫后襟,一个个失声惊叹,脸煞煞白了。有几个眼软的老婆婆泪珠子直淌。

"看把娃娃打成甚哩!……"

"好你们老人家不要哭,"石得富央求,"你们晓得老陈拿粮站的账包包在哪塔?"

那个老汉怜惜地说:"你再不用牵挂这个了。他拿上给区上的人交去了……"

"好!"石得富现在放心了,"那么给我找个窑,我在炕上趴一阵。"

众人说下面几个院子全给队伍占着,老百姓并在上头一个院里。石得富怕碍部队的事,就要跟他们到上院去。他想吃喝点东西,再往石家圪崂爬蜒。

邵参谋打完电话跑出来说:"石同志,实在对不起你。所有的担架全上前面去了。等到过晌午,我们尽量想法子送你去,好不好?"

"没关系,"石得富掉转头说,"歇过晌午,我自个人去!"

邵参谋派两个通讯员上去帮助照顾石得富,并叫给他做饭吃。那老汉和老婆婆们不让,说部队打仗忙,一切全归他们负责。

石得富到上院里,二三十个本村的和沙家店的婆姨们,有的抱着娃娃,有的挺着大肚子,都挤到一眼窑里来看望他。众人不免又是惊叹,又是淌眼泪,又是咒骂敌人。从她们,他知道银凤因他的下落不明而焦急的情形,可是早晨去石家圪崂参加救护工作的时候,兰英劝银凤不要去,她还是坚持着去了。石得富听了,脑里浮起她可爱的紫棠色的脸庞,幸福地笑了。

"那么木匠我二叔哩?"他又问。

"没闲的,"一个婆姨说,"你们不是两早起疏散了几十石粮吗?他跟上队伍收那些粮去了。"

一切都使石得富满意,只有石永公没到了艾家渠使他难过。他还是照顾他,让他先跑,到底还是没跑出去。他那么胆小,又是那么顾虑多,结果是不堪想象的。石得富也想起石永公的老娘、婆姨和一大堆娃娃。万一他牺牲了,众人好好照顾他们吧……

沙家店的妇女都是从鸦窝沟跑来的。那里在大沟以南,人们再不敢藏,都往大沟以北跑散了。有人告诉石得富:他娘的病发了身汗好些了,由石永福婆姨照护着朝北走了。石得富听了听,只问石永公他娘,他是多么关切石永公呀!

这时婆姨们有的给石得富熬米汤,有的找衣裳交给老汉到另一眼窑里给他换,那窑里已经在炕上垫了五层被子,让石得富睡。有人说打肿又烂了的皮肉伤,用鸡蛋清子洗大顶事。石得富怕土方子越弄越坏,叫她们问队伍上的同志;问的人上来说:家具用开水冲一冲,手洗干净,拿新棉花蘸着鸡蛋清子擦净伤处。当下满村凑了二十多颗鸡蛋,就给石得富疗治起来了。

石得富洗罢伤,换好衣裳,喝了米汤,晌午了。众人都走开,让他一个人在窑里睡吧。

第 十 八 章

各路野战军从早起开始与胡匪三十六师接触,到晌午就将敌人截成几段,分别包围起来了。

墓子墚的胡匪一六五旅的指挥阵地被野战军的炮火摧毁以后,该旅的战斗建制混乱了。遭受重大损失的旅部带一个团部,经泥沟子逃向吴家山。另一个团部和两个团的残余战斗兵则被压缩在墓子墚和泥沟子中间的山头上,进退不得。东线常高山的敌人一二三旅更惨,全旅被截成好几块,与吴家山的三十六师师部中间,被野战军的两个旅楔开了七八里的距离。

下午一点钟,从沙家店正北二十里的十字隘村里,西北野战军总部指挥所发出了命令:

"……消灭三十六师是西北战场由战略防御转为战略反攻的开始,是收复延安、解放大西北的开始。我前线指战员应勇敢作战,务于本日黄昏前完成歼灭它的任务。"

山神庙圪崂的邵参谋接到郝家隘八旅指挥所的电话,根据纵队司令部的命令,要调山炮连到沙家店南山执行任务,越快越好。……

山炮连长和邵参谋商量:找不到路要误事。两个人商量的结果,还是到上院去找石得富。一群婆姨们不让他们进窑。她们怕吵醒石得富,低声低气说小伙子刚睡着。她们在窑外面听不到呻唤才一阵阵。……

山炮连长对邵参谋说:"不要紧。他是皮肉伤,脚腕疼,有牲口骑可以去。"

"往石家圪崂送,你们为甚不给骑牲口哩?"一个不明大势的婆姨袒护石得富。

另一个婆姨不满她这种说法:"你说的甚?人家的牲口是预备打仗用的嘛!"

"对!这位大嫂说得对!"邵参谋和气地笑说,问一群婆姨们,"你们说:让他吃点苦给炮兵带路,赶快把敌人消灭干净好呢?还是让他睡觉,给敌人跑了好呢?"

"我们打仗也为你们啊!"山炮连长气喘喘地补充。

婆姨们没话说。她们互相看看。一个老婆婆问:"让我家老汉去,行不行?同志……"

"我去!"那老汉正一颠一颠拐过来,"管保十里二十里周围引不错路!……"

"不行!"山炮连长干脆地说,揩着满头汗。他胳膊一伸,就推门,"怎么着他也比你老汉强啊!……"

邵参谋和山炮连长进去,屁股后头拥进来一群婆姨。邵参谋轻轻掀了两把,石得富抬起头,眯起涩眼:

"石家圪崂来担架了?"

"实在对不起,"邵参谋抱歉地说,"前面战斗任务太紧……"

"没关系,前面要紧。"石得富趴着说,"她们拿鸡蛋清子给我洗了一下,这阵轻松多了。你们来看我,不误你们的事?敌人消灭干净了?"

两个同志把总部指挥所的命令,纵队调山炮连前进而找不到路的情形一说,石得富急忙用两手在铺了五层的被子上一按,爬了起来。

"走!赶紧走!一个也不能叫敌人跑了!"

他那股激动劲儿使在场的人都感动得湿了眼睛。邵参谋看见石

得富被妇女们洗涤装扮成另一个人,更是深深地感动,说:人民是太好了。婆姨们怜爱地看着石得富,说:

"你这么为革命,好倒是好,只怕你那伤越来越着重……"

"肉烂骨头在!"石得富截住她们,"邵同志,你们预备好了没?"

"正在预备。"邵参谋兴奋地说。

炮兵同志们在下头套牲口的套牲口,绑架子的绑架子。一阵之后,山炮连集合了。

头一匹水晶溜光的驮炮骡子,在炮架子当间垫了一块叠成四层的被子,上面骑着石得富。所有的人和牲口都用树枝伪装着,石得富也在头上套了一个用柳树枝拧的圈子,像旧前祈雨时抬龙王阁子的人一样。一群婆姨们站在大树底下,带着对胜利的期待和对石得富的敬爱,望着山炮连下了渠,人和牲口都晃荡着树枝……

前线指战员用英勇的行动与炽烈的火力,执行着总部指挥所的命令,空前激烈的战斗在沙家店以东和以南展开了。空中,敌机早由四架增加成六架;地面上,各种炮火夹杂着机步枪,混合着一阵一阵波涛式的千万人一个调子的吼杀声,令人失掉了一切饥饿、疼痛和恐怖的感觉。

存在的只有一个意识——消灭敌人!

山炮连下了渠,出了大沟不一阵,就被两架小飞机发现。炮兵同志们防空有经验,敌机只扫射了一回,就找不见他们了——人和牲口很快地安然隐蔽起来了。只是头骡暴跳了一下,把石得富掼在地下,碰了他的肘子。幸而拉骡子的同志扣得紧,要不差点被骡子踩了他的肚子。好几个同志上来给他揉,生怕错开了骨节。

连长跑上来问:"石同志,不要紧吧?"

"不要紧,你顾你们的事!"

给他揉的同志都责备拉骡子的人,连长也狠狠地瞅了他一眼,质问他怕死吗？石得富连忙替他解释不怨他；因为飞机"呜呜呜"俯冲下来，骡子受了惊，只有把他也和炮筒一样绑在上面，才不会跌下来。

指导员也跑上来了。问了问石得富跌的情形，就和连长商量，走大沟难免还遭空袭阻挠。他们看了看地势，好宽一道沟，飞机容易发现。

"绕二三里地有小路。"石得富主动提议。

连长和指导员连忙问："牲口过得去吗？"

"我们老百姓的毛驴往山上送粪常走。"

"好，带我们走小路。"

几个同志又要往骡子上扶石得富。他不骑了，要求给他找一根棍子，他走；因为小路崎岖陡峭，跌下来有危险。

"你的伤，"指导员指着他的脚腕问，"能走吗？"

"能！我这阵光想着把敌人消灭干净，疼一点没甚。"

"好！"炮兵们一哇声说，"好同志！大家努力给他报仇吧！"

石得富拄着棍，引着山炮连很有劲地在窄沟槽里转转弯弯走着。连长不断地看手表——他们是两点零五分出发，防空耽搁了二十分钟，到沙家店南山根已是三点过一刻钟了。

山上早准备好了山炮阵地，而且扯通了电话。山畔上有人等着他们。互相一看见，双方都答腔。山炮连长耍石得富留在沟里休息，他们上了山。

二点四十分架好炮，做好一切射击准备，等待命令。这时石得富拄着棍呼呼喘着气，上山来了。

"你上来干甚么？"山炮连长带着好意的不满问，"你在下边休息，有命令继续前进，你好再给我们带路啊！"

"我在下头蹲不住，"石得富满不在乎地说，"前线上杀声震天，这塔就要开炮，我在沟里怎能蹲得住呢？"

这新的炮兵阵地是在沙家店地主"积善堂"的坟场后坡，利用参杂的柏树隐蔽着牲口和驮子。这回石得富没有望远镜。他站在"积善堂"老拨贡的坟尖上四面眺望。墓子塝已经平静无事。现在是吴家山附近烟尘弥漫,看不清人马。战事进展真快!

电话来了,这里排炮就开始轰击。炮弹在吴家山的三皇庙里腾起了烟柱。炮兵同志们有拿望远镜的嚷着:"打中了,打中了!"石得富看看他们,又看看三皇庙,高兴得在坟尖上咯咯笑了。

第三次排炮以后,电话又响了。连长接罢电话,向大家宣布:

"同志们!吴家山的敌人向南逃了。常高山方面已经快结束战斗。我们这个战线要努力啊!三十六师师部逃到吴家山以南的风山去了。那是敌人最后一道阵地。两路步兵已经插到西南和东南,钳击风山。上级调我们马上到郝家隘去,支援步兵突击。同志们,胜利就在眼前。动作要敏捷,赶快收拾牲口驮子啊!"

炮兵们登时以紧张的行动响应连长的号召。

"到郝家隘怎么走?"连长跑到石得富跟前问。

石得富激动地说:"还要下去走这沟槽!"说着,就掼了棍子,帮助大家搬炮弹,装箱子。

"同志,不要你来!"指导员挡住他。

连长本人端着四个炮弹,着急地无可奈何说:"同志,你听点话好不好?带路要紧啊!那么重的伤,你有多少精力?走不动反误大事呀!"

石得富看看连长那严厉的眼光,觉得同志批评得对,他只好又去捡起棍子。虽然看不清,还是着急地遥望着东南的战场。他有生以来第一次体验这样心急的心情。

炮兵们重新收拾起牲口驮子。全连下了沟槽,就是快五点钟的光景了。石得富带着山炮连在窄山沟里赶路,沿路听见炮声渐渐稀少,机枪声越来越远,步枪声几乎听不清了。

山炮连长很着急。这里路比从山神庙圪崂来的路还要崎岖、陡峭。有好几处需要修一修,驮炮骡子才能通过。石得富脚踝伤疼,但他总是走在头里,时常等着他们修路。石得富看见连长有时亲自拿洋锹铲着小路上方突出的崖壁,不时用袖子揩着额上的汗水。他真想夺过洋锹来自己动手;炮兵修路的动作远不如他熟练。

不管怎么赶,到郝家隘山底下入了大路,已经下午六点钟了。头他们上了隘,日头就落了。电话员已经开始撤电线。

晚霞映红的平隘里,尽是一片各单位交上来的俘虏。一块一块停在果树和枣树地里,听着做俘虏工作的同志给他们讲话。山炮连一上了隘,那面就有人喊叫:

"山炮才来了。"

"山炮不要了。"一个南方口音的干部大声说,"快去告诉他们宿营地,找一个向导,要他们先走!"

一个同志跑步到隘口来,对山炮连长和指导员说:"战斗基本上结束了。刘戡增援过来了。部队在前边打扫战场搜捕散兵,马上就要往下撤。机关很快就走。俘虏也要往北送。给你们找向导来,你们马上就去芦草圪塔,免得道路拥挤……"

连长和指导员还要问甚么,那同志说毕就走了。

"我们今天实在对不起你,"连长现在不着急了,痛快地舒了一口气,亲热地抓住石得富的两只手,说,"你骑上牲口。咱们一块到芦草圪塔休息。我们负责往卫生处送你。好不好?"

"至迟明天就送到!"指导员保证,"跟我们能吃能喝,不要拘束。……"

石得富站着盘算了一阵:怎办呢?仗已经打完了。他想起石永公的下落还是不明;而且他这一走,不知甚时才能回村。他娘和银凤她们应该告诉一声,免得她们焦急。可是不跟他们走吧?刘戡增援过来了,兵马一定众多。一乱,他又往哪里跑呢?

"好吧,"石得富说,"跟你们走!"

郝家隘的一个四五十的老汉来,指导员领他到前面带路。排头做排尾,石得富骑上原来那匹头骡,和山炮连长说说笑笑拉着话起身了。

他们出了渠,走到大沟里。天已黑下来,骡子的铁掌在石块上迸出火花子。

到沙家店前沟里,忽见满村通红,到处是火。他问山炮连长,说可能是撤下来的部队在搞饭吃。进村一看:坡上、沟滩、院里以至街道两旁,处处睡满了队伍。石得富在骡子上听见,有跑来跑去的同志嚷着找不到粮食。

"老百姓连一个人也没回来……"

"都上哪儿去啦?……"

"这怎整呀?部队一天没有吃饭啦……"

石得富一听,现在说甚么也不到芦草圪塔去了,急急忙忙说:"连,连,连长同志!快!快扶住我下来!"

"怎么呢?急大便吗?"

"我要给咱的队伍找粮食。村里连一个人都没,不能眼看着叫同志们饿肚子!"

"你啊!"连长大吃一惊,说,"你带这么重的伤,又给我们指目标又带路,累了一整天了。你支持得了吗?你要把自己完全搞垮吗?"

"垮不了!"石得富急得直想往下跳,"料你也是党里头的人,用不着细说,快叫我下来。"他一边说一边在骡子上朝村里大声嚷叫,"同志们!沙家店回来人了!"

山炮连长是一个硬心肠人,性格有点像他所指挥的那几门暴烈的山炮。可是现在石得富这么一喊叫,他被感动得淌下来眼泪。扶石得富下了骡子,他紧紧地握住石得富的两手,看看周围睡在露天地里的疲劳的勇士们,声音颤抖地说:

"同志啊!我们的胜利好不容易哪!艰苦斗争还没完。我叫李正铭。我盼望你为党和人民活着,将来咱们还能有机会见面……"

而石得富现在早被他吆喝来找粮食的同志们围拢起来了。

和沙家店消灭三十六师同时,野战军三纵队和绥德分区警备四、六两团,在乌龙铺以西从石板村到沙柳滩一线,与刘戡率领西进救援的十二旅和五十五旅展开了阻击战。三纵队打得很猛,他们甚至于冲散了刘戡的警卫连,差一点没有活捉了那个逆贼;可是因为占领葭县的九十师留四三一团守城,其余全部尾随刘戡右侧过来了,阻击部队终于挡不住敌人援兵继续西进。沙家店歼灭战打到沙家店以南十二里的凤山结束以后,一方面天已黑了,另一方面部队急于休息,准备再战,经过粗略的打扫战场和搜捕散兵,就收了兵。

驻在沙家店的是八旅九团。

部队大部分找不到粮食,少部分不得已开始煮南瓜了。石得富一喊叫,当下变成宝贝。多少单位的同志围上来,要求他找粮食。

"你们刨嘛!"石得富抱怨他们死板,棍子朝四面一晃,"粮食全没寄远,不在暗窑就在地窖里!我不信你们这么多人,还摸揣不上?"

黑糊糊的不知有多少同志嚷着:"咱们的队伍能乱刨老百姓的东西吗?"

"哎呀!"石得富大不满意,"那么就瞪着眼饿肚子啦?跟我来!"

一群同志喜欢不尽地跟着他走。好像他是一个高级首长,三四个手电照亮他前面的路。他走着,告诉大家先刨他家的,后刨党员干部的,要是不够,再刨一般群众的。敌人退了以后,政府想法调剂。他征求众同志的意见,问这么办"原则不原则"?身边有个同志亲热地摸摸他的脊背,他护疼;一拉谈,才知道他奋斗的经过,同志们更加感佩。

到他家大门口,里面也是挤着满窑满院的队伍。院里问干甚么来了,跟他的同志代替他回答。

"另找去吧!"里头有人说,"这院里的粮食已经下锅了……"

"你们为甚么乱刨老百姓的粮食?"石得富身边一个同志质问。

另一个同志干脆责备:"你们犯纪律!"

"我们打了条子,犯啥纪律?"

"房东跟着我们,你们给谁打条子?"

里里外外嚷成一片。里头扑出一个同志问石得富:"老乡,你窖里共多少粮食?"

"算了吧,"石得富见这场原则冲突似乎要扩大,折转身对跟他的同志们说,"咱们另找。越到困难处就越要讲究个团结,闹意见还误战士们吃饭……"

"不行!"里面扑出来的那同志说,"我们不戴大帽子。你说你有多少粮食吧!"

"你说,"石得富背后一个同志戳他,"要不还当咱们唬人哩!"

"搞清楚!"

石得富只好说:"五斗小米,六斗黑豆……"

"不假!不假!"满院的同志喧嚷起来了。当下有人打手电,有人下了院角落的地窖,从空瓮中取出粮条子,拿给石得富和跟他的同志们看——也是不假!

好像很严重的事件马上平息了。里外两部分同志霎时都笑了。外头的同志笑说这倒是个创造,里头的同志则说当然能找到当地人最好。互相解释了一顿,石得富接了条子,就引上刨粮去了。

石得富想起头一黑夜在墓子墕所见的胡匪军——他们的连长、排长、班长和士兵是甚么样子。石得富沿路看着那些睡在野地里,毫无怨言等饭吃的战士们,心里涌起无限感慨——他们都是为人民啊……

虽然粮站早已结束,他又给部队一霎时找了七石多粮。他最后才想起:他被俘以前和石永公坚壁了一石三斗米麦。

部队的同志听他的指点,挖开暗窑或地窖盘了粮,然后照原样封好。他整理着单据,有一个同志替他把账写成一张单子。在领着大家上上下下找粮食的时光,他好像一个完全没有带伤的正常人一样有劲,尽量争取战士们少饿一阵肚子。他庆幸在十七号黑夜他检查了全村的暗窑和地窖,帮助督促那些暗窑不保险的换地方藏;要不然,他现在一下子哪里能摸得这么清楚。正是为了这事,他忘了区上关着反革命分子坏种。对于坏种逃跑,他一直感到内疚,现在他才觉得不那么心亏了。

石得富不安的是:直到半夜光景部队同志才全吃上饭。

石得富内心对部队抱歉,因为他不能乱刨粮食。他所刨的粮食尽是党员家的,群众只有银凤一家。按他和银凤的关系和银凤已经提出入党的要求,他引上队伍刨她家的粮食没一点问题,她前天黑夜就理直气壮引上队伍从他家取了油瓶。

一个连队的事务长拉石得富到一个打庄稼场里吃饭。一个本地口音的同志到他跟前问:

"老乡,你们村里有个女的叫石兰英,你知道她哪里去了吗?"

石得富一迷瞪:"同志,你是哪塔人?"

"马家垯的,我叫马金宝……"

"啊噢……"石得富明白了:这就是兰英的女婿——马连长啊!好一个英俊雄伟的连级干部,怪不得兰英一看见以后,回来是那么高兴!石得富当下顾不得吃饭,告诉他,"听说兰英白口还在离这里五里地的石家圪崂帮助救护工作,可能这时还在那里。你要去看,吃罢饭我引你去。"石得富不顾疼痛地想成人之美,兰英和银凤是那么相好,亲姐妹一般帮助银凤进步。

马连长不自然地笑笑:"情况太急,不可能,我知道她很好就对了。"

许多同志和马连长说笑,说连长是这村里的上宾。石得富又对马连长介绍兰英学习、工作怎么好怎么好,说得连长怪不好意思,声明他不过随便问问。忽听得驻在区公署院里的团部打发警卫员四处找石得富。

"在这里哪,"有同志嚷着,"在这里吃饭哪!"

石得富连忙用临时拿树枝做成的筷子往嘴里塞饭。他约莫着怕是部队吃过饭要转移,找他打听甚么。一个背盒子枪和卡宾枪两件子家具的警卫员上来了,却说是首长请他上去吃饭,说着就拉石得富起身。

"不不不……"石得富嫌同大干部们在一块吃饭拘束,没话好说,挣扎着他的胳膊。

保卫首长勇猛如虎而替首长办事却像大姑娘一般温和的年轻警卫员,亲热地拉住石得富的手,解释说:

"首长们一定请你去。听说你给敌人打伤了,已经叫卫生队来给你上药。……"

"对,上药我去!"石得富没想到这里能上药,高兴地说,"直一天想找个上药的地场没工夫,等我吃罢饭就走!"

连长和事务长问警卫员:"首长们有甚么好吃的吗?"

"饭是一样,就有些山上捡来的美国罐头……"

马连长和事务长都劝石得富去,他再不好扭捏了。路上,他想起头一黑夜在墓子壔他朝敌人要汤喝,一个胡匪兵拿美国罐头来讥刺他。现在他真吃到了。

半晌没找到石得富,区公署的一眼窑里,首长们已经吃罢饭,摊子也收拾了。警卫员领着石得富进门,见炕上拼拼凑凑摆了一摊地图。两个同志端着蜡烛,其余的同志挤在周围。一个同志弯下腰就地图讲解着沙家店战斗引起的新情况:

"刘戡的十二旅在这一带,五十五旅在这一带,九十师在这边。董钊的一师虽说在公路上前进,也是靠两条腿跑,估计赶明早能到镇川堡。今晚上部队原地休息,明早拂晓前转移。各营先派干部去搞粮食……"

石得富在门里边站着,等着说完,才让警卫员报告团长。皮带上套着手枪的团长转身走上前来,一把抓住石得富的双手,热情地摇晃着。

"非常感谢你! 非常感谢你的帮助!"团长加重语气地说,"你的情况我们已经听说了。好! 好同志! 好干部!"说着揭起石得富布衫的后襟看了看伤,转向警卫员吩咐,"先带他到那面去吃饭。完了叫卫生队给他上药。夜晚就让他跟卫生队住,明早也跟他们一块行动。"说着又转向石得富,"东边和南边敌人上来了,你留在这里危险。你跟我们走,我们负责送你到医院。好吗?……"

团长是这么一个精干畅快的人,他说话是那么明确肯定,不容人有任何怀疑。所有的团营干部喜欢地看着石得富,问他的年龄,说他年轻,有出息。

"党和人民的好干部!"团长对部下说,然后转向石得富,"快吃饭去吧,我们还有事情哩。"

石得富盘算了一下,说:"同志,跟你们去是好,可是我们粮站有一个同志下落不明,还有给你们刨了这粮的账单子,都应该给区上交代 下才对。"

"这样混乱你上哪里去找他们?"团营干部喜欢地笑着。

"同志,"团长郑重地对他说,"负责任是好的,可是还要看情况放灵活点。再不要瞎撞了。再让敌人把你捞住,那可就不好办唯!快去吧……"

石得富只好跟着警卫员先到区公署的做饭窑里吃饭。

第 十 九 章

　　兰英和银凤在石家圪崂给伤员们端汤递水。黑夜三更天,全部结束了救护工作。八旅卫生处像所有带着牲口驮子运动笨重的单位一样,星夜向北转移,让地方给撤下来的战斗部队休息。敌人两路合起来的优势兵力的压迫已到了跟前,卫生处的女同志动员所有自动帮助工作的农村妇女随同转移,等到敌人退下去再各回各家。很多人跟去了。

　　银凤不去。战斗结束以后,救护站曾派一副担架去山神庙圪崂接石得富,她知道他有了下落。可是担架空回来了。山神庙圪崂早已找不到邵参谋,驻在那里的是不明番号的战斗部队。从当地藏反的妇女们得知:石得富晌午以后给山炮连带路,到沙家店南山去了。

　　一个女孩子懂得爱情是平常的事,可是当这种爱情同革命志向胶着在一块,二者互相巩固、互相发展的时候,就产生出一种顽强的力量。(银凤她娘不理解这一点,所以常说她吃了"迷药"。)可是缺乏军事常识,不懂部队运动规律的银凤啊,她以为她的石得富还跟山炮连在沙家店南山呢。她固执地坚持不跟卫生处转移,她要看看他伤在哪里,伤得轻重。她奇怪:为甚么伤到需要担架抬,却还能给炮队带路!多么好强的人!她想着:即便他变成一个瘸子,或者像疤虎一样打断了一只胳膊,甚至于脸上开了一两道豁子,她还喜欢他,更喜欢他。

　　兰英姐姐摸着银凤的心思。让旁的妇女先跟卫生处的女同志一块转移,她陪银凤到沙家店去一回。要是找不到的话,她们再赶上去。

她们出得村,哨岗林立,警戒森严。走不尽的俘虏队一批一批朝北押去。她们只好折到石家圪崂村里等天亮。啊啊!这五里路上,通夜没断过部队。

天亮时,她们回到沙家店。哪里还有炮队?连步兵都走了个光。老百姓现在在崖窑上藏反已经不济事了;郝家隘的、泥沟子的、吴家沟的、石家沟的男女老小,成群结伙地经过沙家店这道沟朝北跑反。这里不知会变成多大的战场。兰英和银凤连石得富的影子都问不见了,人人都说:敌人的大营上来了,听说摆了几十里……

两个女子在村里遛转了整一早起。她们想找清良老汉打听一下;可是转遍全村每一个角落,哪里也找不见他。她们根据他家大门外墙根下的一摊干血,判断老汉八成是给敌人杀了;可是他要是真地倔强地了结了他的一辈子,他的尸首哪里去了呢?找来找去,终于在他家窑顶上头一个小土窑洞里找到了。看样子是部队收藏的,洞口用石头垒死了;透过缝隙,她们瞅见老汉坚决的遗容。

她们淌了一阵眼泪,叹了一阵气。现在,已经无从打听石得富的去向,她们只好去追赶八旅卫生处了。

部队同志带领着群众从战场上抬敌人丢下的大炮,走得极快,好像后边有敌人追着似的。好重的钢铁!老百姓压肿了肩膀,个个头上是瓢泼一般的汗水。队伍上的同志们替换着他们,轮流着抬。兰英和银凤打听了一下情况,说敌人南面已经过了风山,东面也已经过了常高山,听见狮子塄山上机枪响……

她们赶紧跟在抬炮的群众里头,顺着石家圪崂通柏树隘的那道大沟往北跑。过了高家圪崂和艾家渠,她们到常家阳洼村里找上八旅卫生处。这时野战军的后卫部队已经在高柏山、艾家渠至马家墚的山头上布置开了。是快晌午的时光,卫生处又要往战斗部队后面撤,她们晚到一阵儿,就不好找了。

然而最可惜的是——出她们意料之外——石得富在早饭时光,由九团卫生队派担架从高柏山送到常家阳洼来了。在卫生处办了住院手续,匆匆找前总卫生部去,转往指定的野战医院某一个分所去了。他把头一黑夜为九团刨了粮的单子留下,托本村的妇女交给兰英,让她以后转交区上办理去。他告诉她们:兰英的女婿马金宝头一黑夜在沙家店驻,打听她来。他又要她们告诉银凤好好支援军队打仗,不要牵挂他;医生说他的伤半月二十天就能疗治好,那时敌人退下去了,他就回来。

银凤仔细听着,脸上渐渐浮起笑容,这两天压在她心上的一块石头,现在搬掉了。她心里感到宽敞了许多,当下和众人一块跟卫生处转移,继续帮助救护工作。

三十六师的覆灭对于胡匪是这样一个沉重的打击,以至于使胡宗南集中他所有进到北线的兵力,向西北野战军疯狂进迫。刘戡由黄河边调来的五个旅越过沙家店,分路向柏树隘漫来。董钊由宋家川(吴堡县)撤回七十八旅归还建制,以他的所谓"天下第一师"从绥德沿无定河北上到镇川堡,又由镇川堡进到吴庄区的石窑坪,企图在西面包围西北野战军。时间只隔了三天,他们放弃了"陕西全省行政完整",开始了另一个危险的赌博。

石得富趴在一副担架上,经过柏树隘、桃岭沟和陈家山的路线,到葭县古木区地面进野战医院。沿路跑反的男女老幼拥挤不堪,担架在交叉路口等的次数太多,到柏树隘已经晌午了。幸而半前晌天阴了,这是"大暑小暑灌死老鼠"的雨季,飞机不敢来。可是后面很紧张,他们上了常庙塄的山峁,朝柏树隘走时,高柏山南面已响起机枪了。

由于右翼董钊进至石窑坪一线,从吴庄区拖儿带女、担筐背包逃过来的群众，听见高柏山以南枪响，又折转朝北跑。因为是山地，路以外没法走，弄得张朴隘、十字隘、魏家隘和柏树隘四周的盘山路，挤得水泄不通。抬石得富的随军担架队员是三边分区人，不明地理很着急，问石得富是不是走旁的路线，也可以到古木区指定的地点。

"不行，只有走柏树隘。"石得富惋惜地说，给他们解释，"从柏树隘下山就是景明寺大川，人就不会这么挤了……"

他们到柏树隘，那里后方机关早移动了。驻着的是不知新从哪里来的战斗部队，正在扯电话线。担架在村当中路旁的空地上休息，有两个担架队员进了一家院里，向老乡要了一碗米汤，给石得富吃干粮。他们自己则站着喝凉水吃炒米。

川流不息的跑反群众从村道上涌过，到村当中的十字路口，有的朝正北往李家街走去，有的折转向东经清风寺山，下景明寺大川去了。

迎面过来一个五十来岁的老汉，两只手拿两块煮南瓜，边吃边走。他后面跟一个队伍上的同志，不知他们忙着到哪里去。石得富认得这老汉，沙家店每逢集场，他都来卖盐。好，他经过担架旁边。

"王大叔，"石得富叫住问，"金书记甚时离开你们村里？他到哪塔去了？"

王老汉站住，一手拿着一块煮南瓜惊呆了："你？啊呀，合作社老陈上来给金书记一说，全料定你这回算完了。你怎么活出来的？"

"他们哪塔去了？"石得富顾不上说自己的事，他只急着问，"他们做甚么去了？"

"今早起一闪明朝北走了，各乡干部都调齐，去给军队弄粮食……"

"快走吧！"跟王老汉的同志催促着。

王老汉把手里还没咬一口的那块南瓜给石得富。石得富不要，老汉放在担架上的枕头边就走了。

石得富轻轻叹一口气，惋惜他竟来不及问石永公来找金书记没有。

枪声越来越近。传来的消息说敌人已经到了高柏山。我军逐步后撤，退到张朴隘和十字隘村南，与敌人隔沟对峙。石得富牵挂着兰英和银凤，不知她们这时回到八旅卫生处没有。他刚吃完那块煮南瓜，担架就起身了。

他们出了村，担架掉转头让石得富脚在前面，好下山。

山下的李家街就是莨县地面。路口上的哨兵指挥所有跑反的群众顺大沟向东，到景明寺大川的各村里去找停歇处。老幼妇女见电话线拉上了桃岭沟山，总想往有队伍的地场跑。战乱中，人们都不愿意在大川里停歇。景明寺是个镇店，周围村庄虽稠密，怕不保险。他们声明到有队伍的地方，队伍住窑，他们住院里甚至野滩里露天住，也甘心情愿。镇川撤过来的县上的工作人员分头在各路口向群众解释：乌龙铺已经没有敌人了，莨县城只有敌人一个团不敢出来。景明寺左近也有自己的队伍。……

"你们既然相信队伍的力量，就应该相信队伍的话。"

"越往东南越平安，现在敌人集中到这一块来了……"

"我们是为你们，不是害你们！"

经过解释，群众都顺大沟潮水一般涌出去了。石得富趴在担架上休息了一阵，就上山。这里倒是不拥挤了。凡是从李家街上山的，即便是队伍上的同志，哨兵也要盘问。石得富到路口上，哨兵检查了八旅卫生处给前总卫生部的介绍信和所开的路线单子，才放他们过去了。

天阴得看不清日头高低，约莫是平时庄户人歇起来晌午的时光。

和柏树隘只隔着李家街一道沟，桃岭沟山上就是另一片气象。平静、肃穆。好像连庄稼都是另一种色调，仿佛是一大幅鲜明的五颜六色的水彩画。四山里也有部队，但却是鸦雀无声，一片深沉的雅静。电话线扯来扯去,石得富趴在担架上看见,十字路口的哨兵个个脸上那么严肃,猜不透他们担任着一种何等神圣的任务。

正路不下桃岭沟村,经村东的隘口下了渠,就是陈家山。

担架刚到陈家山村跟前,石得富就看见枣树林子里和大门外的场子上,满村到处拴着备皮鞍子的肥大骡马。这里那里站着的是警卫员。满渠里隔几十步就是一个哨。第一个哨兵十分和气地盘查了他们一下,看了证件低低地说:

"好,卫生部在贺家街。你们走快点。"

担架队员们加快了脚步。这村子看来驻着要紧机关,他们打消了下山以后休息的念头。石得富心里分外兴奋,仰起头看村里,忽见从一个大门里出来一大片人,大部分穿着黄军衣,一部分穿着灰制服。很多的人互相握手告别,各处的警卫员纷纷解着肥骡大马,准备走了。

有一行十多个人下坡来了。走在前头的是一个体魄魁梧的人,穿着一身普通工作人员的灰制服。他一边走一边认真听着旁边一个同志恭敬地说话,连连地点头。石得富首先认出了在安塞真武洞祝捷大会上讲话的周恩来同志,他就断定那走在中间的是谁了。他浑身一热,激动得差一点叫出声来——

"呀!毛主席……"

一片枣树林子遮住了他的视线,担架过去了。

毛主席同党中央机关为了便于西北野战军消灭三十六师,将胡匪主力引向葭县附近的黄河渡口。按原来的计划,还要往葭县以北更远处诱去,只因十八号后晌的大雷雨,葭芦河暴涨,无法渡过。这时刘戡九十师已到葭县城南二十里的地区,先头部队与九支队(中央机关和警卫部队当时的番号)只隔一架山了。毛主席这才折向西来,顺河而上,经河川、朱官寨、曹家大塔、贺家街一道沟,到了总部指挥所十字隘后边二十里的梁家岔。这一天前晌,主席同周恩来和任弼时等同志到陈家山来,参加前总召集的旅级以上干部会。

会议根据空前大胜利之后士气高涨,指挥将领信心很大,加上支援前线的群众是动员现成的,一致要求继续诱敌北上,消灭董钊或刘戡的一股,活捉他们一个。这时野战军本身的困难主要是没有粮吃,再打一仗需要三千石粮,而且还得现动员。毛主席详细询问参加这个会议的西北野战军后勤司令部的同志和绥德分区葛专员。他们说可以在米脂的河岔、桃镇、印斗,葭县的乌镇、店头、倍甘、螅镇七个区动员起来。主席在了解了一切情况以后,同意了高级将领这个意见;可是他指出胡匪未必敢冒险深入得太远,有可能在粮食还没有动员起来的时候,敌人就要总退却。不过无论如何,会议还是决定镇川独立营当夜护送动员粮食的干部下那七个区,并命令绥德分区警备四、六两个团在米脂以东地区掩护粮食工作。

石得富在担架上经过陈家山时,正好散会。军事干部纷纷各回原部。给毛主席说话的是西北野战军后勤司令部的同志,他在回答主席关于支前民工情绪如何的询问。在他身后的就是葛专员,石得富没看见。

以贺家街为中心,集中了上万的运粮民工,等待着会议的结论好行动。石得富到贺家街的时候,正是人山人海准备着出发。村里村外,河沟里和山坡上,一片纷纭嘈杂,尽是青壮年农民。头巾在前额上打结的是陕北各县的,头巾在脑后打结的是晋绥边区沿黄河各县的。密云不雨的天空庄严而深沉,雄鹰在两山之间的空中翱翔。一来人挤得不好通过,再说担架通过陈家山时紧走了一阵,现在也走累了。他们把石得富放在村外河滩上的路边十几步远处。两个担架队员拿介绍信从人群中挤过,进村去找卫生部办手续去了。

石得富现在在担架上怎么也趴不住。蟠龙战斗以后,参加安塞真武洞祝捷大会的那股子兴奋劲儿,他现在又感觉到了。然而这不是祝捷,这是新的行动的开始!军队在这里,群众在这里,毛主席也在这里——他为人民留在陕北坚持斗争,在斗争的前线啊!石得富想着很着急,他受了这点皮肉伤,难道需要担架送他进医院去吗?他不能到米脂东三区动员粮食去吗?

石得富想起昨黑夜在沙家店,九团卫生队长叫医生先给他剪掉烂肉,涂了防腐消炎的药膏,曾说:"石同志,你的伤不进医院三个月好不了;进医院二十天就好。你晓得革命,可不晓得科学。……"

"我不信!"石得富直到这里还不想进医院;他不是顽固。他看到毛主席都在这里,觉得自己为革命死了也不算甚!

忽然间,通陈家山拐沟的那面人们活跃起来,只听见低声地互相传告:

"毛主席!"

"毛主席!"

"毛主席!"

毛主席过来了。河滩上群众让开了一条人巷,可是毛主席并不快走。他不骑他的铁青马,所有的牲口都跟在稍远点的后边。他在周恩来和任弼时同志中间走着,带着他特有的慈祥的笑容,用他那睿智的炯炯目光,兴奋地望着两边一片无边的农民群众的淳朴的脸庞;他们的力量可靠地支持了解放军的胜利。

石得富早已离开了担架。他站起来。嫌看不清,他又站在一块山水冲下来的圆石蛋上。他站不稳,滑下来,他又站上去。他喜得嘴张了碗口大,没想到他在这个河沟里离这么近看见了毛主席。他感到骄傲,他是沙家店第二个见过毛主席的人,不是在延安,而是在战地。

毛主席在人群面前站住了,像要和民工们说话了。石得富十分激动地看到:毛主席也按捺不住兴奋,习惯地伸出一只有力的手来,向着用无限崇敬的眼光望着他的人群说话。毛主席说,大家辛苦了!

胜利是依靠你们得来的啊!

这么一说,很多淳朴的民工眼里漂起了感激的泪花,只是拘束地点头,却不知说甚么话好了。其中有一个约莫四十上下的大脸盘农民态度大方,以自己的领袖为骄傲地说:

"我们出点力算甚?是主席的计划大……"

毛主席笑了。

毛主席说,还是人民的力量大。没有人民的力量,甚么计划都是空的。毛主席说着,转脸看看周恩来同志和任弼时同志,他们脸上是欢欣而严肃的笑容。

毛主席魁伟的身躯微向前倾,又以他习惯的和蔼姿态询问民工们的生活和部队对他们照顾的情形。民工们一致表示满意:

"和一个家里的人一样样的……"

石得富一眼盯着,用全部注意力听着毛主席和人们说话的每一个声音。突然,不知在甚么地方有谁领头喊起了口号,石得富立刻竖起他的胳膊,紧跟着也喊起来。

"毛主席万岁!"

"毛主席万岁!"

"毛主席万岁!"

霎时间,这同一个口号声蔓延开去——村里的窑顶上和街边上,村外的山坡上和地畔上,只见拳头起落,有些人甚至兴奋地跳起来。农民们粗犷的口号声浪震动着山岳,以至于再说话谁也听不见了,只听见一片万岁万岁的呼声。

毛主席以他洪亮的湖南口音,喊了几声"民工同志们万岁"回答着群众,然后和他的亲密战友们伸手向人们招着,走过了拥挤的河沟,上了一道石砭。直至主席他们都骑上骡马走了,山谷里的口号声才渐渐地停息下来。

毛主席走了,他给人们留下了永远忘不了的兴奋和鼓舞——这是最有力的战斗动员。

过了一阵,成千上万的民工和动员粮食的干部一块,开始向米、葭两县的七个区行动了。到卫生部办理住院手续的两个担架队员回来,说指定石得富到野战医院的三分所,离这里还有二十五里地,天黑可以赶到。石得富看看人山人海出动的民工,他真不愿去;担架队员们劝说了他一顿,他只好趴在担架上去了。

到了一个拥挤的十字路口上,他突然看见了金树旺。

"金书记! 金书记!"石得富连忙喊叫,要求担架站一站。

石得富看见金树旺手里拿着一根棍子,背着他的粗蓝布挂包,忙忙碌碌张罗着民工们出发。他大概听见喊叫他的声音,转头四面看看,却不见人,又忙他的去了。石得富急急慌慌让担架停放好,重新大声喊叫时,已经看不见金树旺了。

"金书记,我是石得富嘛!"他趴在担架上尽嗓门嚷着。

"啊?"听见左近一堆人群里金树旺的声音,"你在哪塔啦?"

"这塔啦——"

金树旺从人群里挤出来了,奔到石得富趴着的担架跟前:"啊呀,你还活着啦! 款款趴着,不要起来。"

他蹲下来,抓住石得富的两只手。石得富难过地掉眼泪:

"我活着,可咱的石永公没下落……"

"哼,"区委书记不满意地说,"他到这里了……"

"怎么? 他跑出来了吗?"

"那一天差一点没把他怕死! 他跑的吐了几口血,就连艾家渠都不来,直端到柴家圪崂他丈人家里躺倒了。今儿五乡乡长和指导员来时,才找他一块来的。我批评了他一顿,叫他和众人一块去搞粮食。"说到这里,金树旺才转换了笑容,兴奋地说,"哎,我告你。葛专员听说,总部指挥员们知道沙家店几个村干部保存了百十石粮食,部队下去就有饭吃,非常夸奖! 你的伤怎么样? 不要紧吧?"

"皮肉伤,不要紧。我不想进医院,部队上的同志一定叫去。"石得富简单地说着,忙问,"老陈把粮站的账目手续交上来没有?"

"早给尚生光了。老陈已经找张明正往北转移合作社的东西。你再不要惦念工作了,让我看看你的伤。……"

"不要看吧,包裹得看不见。坏种狗日的报告了敌人,敌人打的!"石得富说着,紧咬着牙。

"啊啊!"金树旺恍然大悟地说,"是他害的?!好!咱区游击队逮住他了,今早曹区长他们带上来,我们派人把他往北押去了。"

"啊?"石得富惊喜地叫了一声,兴奋地要从担架上挣扎起来,"曹区长他们在哪塔?"

金树旺又一次按住他,说:"款款趴着,老曹他们也张罗着民工们出发,没工夫和你拉谈。我简单地给你谈一谈:他们二三十个游击队员,捞住一百七十来个逃散的敌人,还弄得百十支长短枪,三十来匹骡马。尚怀宗就是领着三十来个敌人往米脂城里跑,到景家沟给他们堵住的。……"

"曹区长到这种时光可真行啊!"石得富高兴得闭不住嘴。

"是啊,"金树旺笑说,"老曹是个好同志!黑夜听说刘戡增援过来了,他们的目标又弄得挺大,连夜就往这塔拖,路上还跑了三十来个俘虏……"

"金树旺同志,金树旺同志,人到齐了,快走吧!"人群那面有人喊叫了。

"就来了,就来了。"金树旺掉转头答应着,然后只好亲热地摇摇石得富的两手,嘱咐他,"到医院安心休养,回来以后慢慢拉谈。我们这一帮儿到河岔区,离这塔有百几路,再见吧……"

石得富羡慕着他们还能为胜利而奔忙,贪婪地望着区委书记的背影,眨眼工夫,他就被动荡的人群淹没了。

战事完全按照毛主席的伟大预见发展了。

八月二十三号，在晋南平陆和豫北孟县几百里之间，陈谢大军强渡了黄河，东路进迫洛阳，西路威胁潼关。胡宗南慌成一团，蒋介石急急忙忙飞到西安；而他们在西北的匪军主力董钊和刘戡，则远在吴庄和柏树隘一线，进退两难。

三天以后，董、刘两匪开始总退却。这时米、葭七个区的三千石粮业已动员起来，正在陆续运送，西北野战军早分了两路，赶在敌人前头南下了。双方开始了竞走。九月十号，野战军各路先后到达了五百里以南的延川县东北地区积集。又过了三天，战斗部署已定，胡匪军才逃窜了下来。

九月十四号到十六号的三天里，就是著名的击溃胡匪四个旅的岔口会战，但这已不是这本书要讲的故事了。

1951 年 3 月 3 日写完
1973 年 8 月 1 日修订